관측 가능한 삶

최지연 소설집

관측 가능한 삶

차례

관측 가능한 삶 7

착장 43

세이프 타임 79

기도의 문법 111

품필생(品必生) 147

안부의 출처 179

의자가 한 일 215

사탕이 녹을 때까지 255

해설

바라봄의 용기 289

전소영(문학평론가)

작가의 말 305

관측 가능한 삶

*

지하철역을 빠져나와 라온빌라 입구에 도착하는 오 분 동안 혜진의 신경은 몇 차례나 곤두섰다. 동네는 3년 전과 달라진 게 없었다. 아니, 더 혼잡해진 듯했다. 처음 이곳에 집을 마련했을 당시에는 역이 가깝고 근처에 시장과 아웃렛이 있어서 살기 좋을 거라고 생각했다. 하지만 이곳에 사는 내내 혜진은 담배 연기와 늦은 밤까지 쩌렁쩌렁하게 골목을 울리는 고함 소리와 무신경하게 몸을 부딪치고 지나가는 사람들에게 시달렸다. 어딜 가든 사람들이 많았다. 언론에서는 저출생이 국가 경쟁력을 약화시키고 지역 사회를 붕괴시킨다고 했지만, 혜진은 동의할 수 없었다. 오히려 이러한 고밀도가 문제라고 생각했다. 뭐, 국가 경쟁력과 지역 사회? 그게 대체 자신과 무슨 상관이란 말인가. 혜진은 미간을 잔뜩 찌푸리며 사람들을 헤치고 걸었다.

생활용품점과 과일 가게가 마주 보고 있는 시장 입구로 들어서자, 한숨이 나왔다. 좁은 시장 통로는 사람들로 더욱 북적였다. 몇 발짝 걷다가도 손수레를 끄는 사람을 만나면 걸음을 멈추고 한쪽으로 비켜서야 했다. 고등어 꼬리에 팔꿈치가 닿지 않도록 조심하며 서 있는데, 저만치 종종 이용했던 반찬 가게가 보였다. 지나가는 사람에게 말 걸기를 좋아하는 주인아주머니가 운영하는 곳이었다. 여전히 반찬 매대 앞에서 근처에 있는 사람들을 향해 뭐라 말을 건네고 있었다. 김치를 사기 위해 종종 이용했던 곳이지만 혜진은 굳이 아는 체를 하고 싶지 않아서 고개를 반대편으로 돌리고 걸었다. 반찬 가게를 막 지나쳤을 때쯤 주인아주머니가 누군가에게 건네는 목소리가 들렸다.

“애기 엄마, 벌써 몸 푼 거야? 살이 쏙 빠졌네.”

혜진은 정육점과 건어물 가게 사이로 난 좁은 골목 안으로 들어갔다. 빌라가 다닥다닥 늘어선 곳으로 빠져나오는 지름길이었다. 지름길을 통과하자 3년 전까지 살았던 빌라 입구가 나타났다. 신축 빌라의 모양새는 사라지고 없었다. 아이보리색 페인트가 칠해진 건물 외벽은 창틀을 따라 흘러내린 빗물로 얼룩져 있었고 먼지가 쌓인 공동 현관문은 보안 장치가 고장 났는지 열린 상태로 고정돼 있었다. 혜진은 처음 이 집을 본 날을 떠올렸다. 혜진 부부의 예산에 맞춰 낡고 오래된 셋집 몇 개를 보여 주던 부동산 중개인은 한번 보기나 하라며 그들을 이 빌라의 구경하는 집으로 이끌었다. 방 두 칸짜리 작은 빌라였지만 새로 지어진 집의 깨끗함과 화사함은 앞서 보았던 매물만큼이나 칙칙하고 어두웠던 혜진의 마음을 한순간에 돌이킬 수 없는 상태로 만들었다.

"이것 좀 봐, 자기야."

혜진은 새하얀 아일랜드 식탁 위를 비추는 주홍빛 조명과 펄이 들어간 깨끗한 벽지, 거위 목처럼 구부러진 수전을 향해 준호의 팔을 잡아끌었다. 분양 담당자는 마지막 남은 세대라서 특별 할인이 들어갈 거라고 말했다. 신혼부부를 위한 대출 상품을 소개해 줄 수 있다고도 했다. 부동산 중개인이 깨끗한 집에서 시작하면 더 잘 살 거라며 옆에서 거들었다. 혜진 부부는 그날 반짝이는 아일랜드 식탁 앞에 나란히 앉아 계약서에 사인했다. 새집에서 살게 됐다는 설렘과 기대가 담긴 사인은 가볍고 경쾌했다.

하지만 짐을 들이고 생활에 필요한 자질구레한 물건들을 늘어놓자 집은 단박에 너절해졌다. 아기자기한 인테리어로 보였던 것들이 싸구려 건축 자재에 불과했다는 것도 눈에 들어오기 시작했다. 처음 몇 달은 나름대로 짐을 줄이고 단정하게 집을 꾸미려고 노력했지만 오래가진 못했다. 결혼 생활 역시 비슷한 수순을 밟았다.

빌라 앞에 선 혜진은 살짝 어깨를 떨었다. 시간이 꽤 흘렀지만, 아직도 생생한 기억은 여전히 자신이 여기에 살고 있을지도 모른다는 상상을 불러일으켰다. 저 창문 너머 찬장 깊숙이 숨겨 둔 피임약을 먹고 있는 자신과 그 약통을 발견하고 하얗게 질려 있는 준호가 서 있을 것만 같았다.

301호 앞에는 유모차가 한 대 놓여 있었고 초인종에는 메모가 붙어 있었다. 노란 포스트잇에 작고 둥근

글씨체로, "아이가 자고 있으니 초인종을 누르지 말아 주세요. 택배는 문 앞에 놔 주세요. 감사합니다."라고 적혀 있었다. 혜진은 손등으로 조심스럽게 문을 두드렸다. 그러나 안에서는 아무 반응이 없었다. 잠시 기다리다가 약간 힘을 주어 다시 노크했다. 여전히 반응이 없었다. 아무도 없는 걸까. 여기까지 와서 헛걸음이라니 허탈했다. 한 번만 더 문을 두드려 보려고 손을 들어 올렸을 때 안에서 여자 목소리가 들려왔다.

"누구세요?"

"택배를 이쪽으로 잘못 보내서요. 찾으러 왔어요."

혜진이 얼른 문에 대고 대답했다.

"택배요?"

여자의 목소리가 조금 크고 분명해졌다.

"네, 이불 택배 온 거 있지 않나요?"

"잠시만요."

언제 조용했나 싶게 안이 소란스러워졌다.

"소영아, 잠깐만. 엄마가 안 된다고 했지? 아니, 여보세요? 응, 뭐라고?"

통화를 하는 듯한 여자의 목소리, 아이 칭얼거리는 소리, 스테인리스 재질의 물건이 바닥에 구르는 소리가 한데 섞여 들려왔다. 문이 열리기를 기다리며 혜진은 다시 한번 포스트잇을 바라봤다. 누르지 마세요, 가 아닌 누르지 말아 주세요. 메모 속 문구가 요청보다는 호소에 가까워 보였다.

며칠 전 월요일 아침, 눈을 떴을 때 혜진은 핫도그 빵 속에 끼인 소시지처럼 성원의 품에 안겨 있었다. 혜진은 성원이 깨지 않도록 살며시 이불을 젖히고 몸을 빼내 침대 밖으로 나왔다. 주방 앞에 서서 두 팔을 위로 쭉 뻗었다가 내리는데 신음이 절로 났다. 어깨가 쑤시고 다리가 저렸다. 혜진이 일어나자, 성원은 깰 것처럼 뒤척이더니 천장을 향해 바로 누워 다시 잠들었다. 성원의 기다란 팔다리가 싱글 침대를 꽉 채웠다. 성원 혼자 자기에도 벅찬 침대에서 계속 함께 자는 것은 무리였다. 더구나 양자 암호 통신 연구가 막바지에 이른 지금, 성원은 잠이 부족한 상태였다. 둘의 관계를 위해서라도 잠은 따로 자야 했다.

혜진은 싱크대에서 커피 그라인더를 꺼내 원두를 한 줌 집어넣고 천천히 핸들을 돌렸다. 핸들을 쥔 손에 원두 갈리는 느낌이 고스란히 전해졌다. 혜진은 이 감각을 좋아했다. 원두가 잘게 부서지는 감각을 느끼고 있다 보면 마음이 차분해졌다. 사각거리는 분쇄의 느낌이 모두 사라질 때까지 핸들을 오래 돌린 혜진의 커피는 언제나 진했다. 필터를 끼운 드리퍼 아래로 커피가 추출되기 시작했고 그 향기에 깼는지 등 뒤에서 성원의 목소리가 들렸다.

"향기 좋다."

"깼어?"

혜진이 몸을 일으키는 성원을 돌아보며 말했다.

"이불을 사야겠어."

"무슨 이불?"

"아무래도 한 명은 바닥에서 자야 할 것 같아."

침대가 좁아서 같이 자는 건 무리라는 혜진의 말에 벌써 애정이 식은 거냐며 볼멘소리를 했다.

"잠들기 전까진 같이 있는 거다."

등 뒤로 다가온 성원이 혜진의 어깨를 감싸안으며 말했다.

"머리만 닿으면 자는 사람이? 침대에서 잠들면 바닥으로 밀어 버릴 거야."

"그럼 푹신한 이불로 사줘."

혜진은 둘의 관계에 실용이 들어온다는 사실이 내심 반가웠다. 현실이 낭만을 밀어내는 것을 허용하는 느긋한 관계가 주는 안정감이 성적 긴장감만큼이나 좋았다. 불편함을 굳이 감수하지 않는다는 건 관계의 열정이 식는 게 아니라 관계가 그만큼 견고해지는 걸 의미한다고 생각했다.

둘은 아침으로 사과와 삶은 달걀을 먹고 남은 커피를 텀블러에 담아 버스 정류장으로 향했다. 신도시 외곽에 위치한 이곳의 버스 정류장은 출근 시간에도 한산했다. 회사까지 가는데 한 시간 넘게 걸리긴 하지만, 외곽도로를 달리는 광역 버스를 타면 회사에 한 번에 갈 수 있었다. 빽빽한 지하철을 두 번씩 갈아타야 했던 서울에 살 때보다 오히려 출퇴근이 편했다. 연구실로 향하는 성원은 지하철역으로 향하는 지선 버스를 타야 했다. 지선 버스가 먼저 정류장에 도착하자 성원이 아쉬운 목소리로 말했다.

"다음 거 탈까?"

혜진과 성원은 토요일에 만나 월요일 아침까지 같이 있었다.

"얼른 타고 주말에 봐."

혜진이 잡은 손을 놓고 성원의 뺨을 손끝으로 어루만지며 말했다.

점심시간에 혜진은 온라인으로 이불을 검색했다. 옅은 회색 바탕에 하얀 격자무늬가 그려진 깔끔한 디자인의 이불이 눈에 들어왔다. 톡톡한 두께감에 원단은 알레르기 방지 처리가 되어 있었고 가격도 적당했다. 최저가로 파는 쇼핑몰에 들어가서 로그인을 하려는데 계정이 휴면 상태라고 떴다. 본인 인증을 하고 비밀번호를 다시 발급받는 번거로운 절차를 거친 뒤 주문서를 작성했다. 배송 메시지에는 현관 앞에 놓아 달라고 적었다. 혼자 살기 시작하면서 혜진은 낯선 이에게 문을 열어 주는 위험보다 분실될 위험을 감수하는 편을 택했다.

이틀 뒤 저녁, 택배 기사의 문자가 도착했다. 퇴근해서 씻고 머리를 수건으로 감싼 상태에서 손톱을 깎던 중이었다.

문 앞에 두고 갑니다.

혜진은 하던 일을 멈추고 현관 밖의 기척에 귀를 기울였다. 소리가 완전히 사라지길 기다려 문을 열고 택배를 집어 올 참이었다. 하지만 현관 밖에선 아무런 기척이 없었다. 엘리베이터 알림음도, 카트 끄는 소리도, 상자를 바닥에 내려놓는 소리도 없이 고요했다. 소리가 사라지면 문을 열어 왔는데, 애초에 소리가 없어서 혜진은 당황했다. 현관 밖의 정적을 믿을 수 있을 때까지는 이십여 분이 걸렸다. 혜진은 안전 고리를 건 채 현관문을 열었다. 하지만 현관문 앞에는 아무것도 없었다. 안전 고리를 풀고 문밖으로 나와 주위를 둘러봐도 택배는 보이지 않았다. 엘리베이터를 지나 옆집 앞까지 확인했지만, 바닥엔 아무것도 놓여 있지 않았다. 혜진은 택배 기사에게 택배가 분실된 것 같다는 문자를 보냈다. 잠시 뒤, 현관 앞에 놓아 달라고 고객이 요청한 경우에는 분실 책임이 고객에게 있다는 답변이 돌아왔다. 이렇게 해도 한 번도 분실된 적은 없었는데……. 혜진이 쓴 입맛을 다시는 사이 다음 문자가 도착했다.

라온빌라 301호 맞죠?

아니었다. 분실된 게 아니라 엉뚱한 곳에 잘못 배달된 거라는 생각에 안도하며 답변을 쓰던 혜진은 손가락을 멈췄다. 주소가 어딘지 익숙했다. 그건 3년 전까지 준호와 살았던 집 주소였다. 혜진은 쇼핑몰에 접속해서 주문 정보를 살펴봤다. 배송지에 라온빌라 301호라고 적혀 있었다. 쇼핑몰에 저장되어 있던 예전 주소를 제대로 확인하지 않고 주문한 혜진의 실수였다. 이런 경우에는 본인이 찾아가셔야 한다는 택배 기사의 답변이 도착했다.

301호의 문이 열리고 여자가 나타났다. 혜진은 순간 당황하며 한 걸음 뒤로 물러났다. 여자는 당장 아이를 낳으러 간다고 해도 이상하지 않을 만큼 커다란 배를 안고 있었다. 그리고 그런 여자의 모습이 이상하리만큼 익숙하고 낯이 익었다. 아는 사람인 것 같단 생각에 혜진은 기억을 더듬어 봤지만, 여자 쪽은 전혀 그런 기색이 없었다. 몹시 난감해하며 사과할 뿐이었다.

"죄송해요. 이불이 잘못 배송된 거였나 보네요."

여자를 어디서 봤는지 떠올려 보던 혜진은 곧 낯익음의 이유를 알아차렸다. 이곳에 살던 시절 혜진은 자신이 아이를 낳으면 어떤 모습이 될지 상상해 보곤 했는데 여자는 다름 아닌 그 모습과 닮아 있었다. 혜진의 표정도 난감해졌다. 여자는 거듭 사과하면서 뒤를 돌아보았다. 두세 살쯤 돼 보이는 아이가 거실에서 현관으로 발을 디디려 하고 있었다.

"소영아. 발 지지. 안 돼."

여자가 아이에게 말했다. 아이는 곰돌이 캐릭터 내복을 입고 있었는데 뭘 먹다 흘렸는지 가슴에 노란 얼룩이 묻어 있었다.

"제가 아이를 깨웠나 보네요."

"아니에요. 갓난아이일 때 써 놓은 메모인데 지금까지 그냥 둔 거예요. 보시다시피 곧 갓난아이가 태어나기도 하고요."

여자는 결국 현관에 발을 디딘 아이를 두 팔로 안아 올렸다. 터질 듯 부풀어 오른 배를 피해 옆구리 쪽으로 요령껏 안았지만, 그걸 지켜보는 혜진의 마음은 조마조마했다.

"어떡하죠? 제가 어제 하루 이불을 사용했어요."

여자는 한 손으로 아이 발바닥을 털어 내며 말했다.

"정말 죄송해요."

"아니에요. 주소를 제대로 확인 안 한 제 잘못이죠. 전에 여기 살았거든요."

혜진이 집 안을 손바닥으로 가리키며 말했다.

"그래요?"

여자는 고개를 갸웃거리며 아이를 추슬렀다. 그러

면서도 미안한 기색으로 이불을 사용하게 된 연유를 늘어놓았다.

"남편이 퇴근하고 밤에는 대리운전을 시작했거든요. 그래서 따로 자는 게 낫겠다고 하길래 남편이 이불을 주문한 줄 알았어요. 그런데 방금 전화해서 물어보니 제가 주문한 거 아니었냐고 하네요."

당황하면 쓸데없이 구구절절해지는 성격마저 혜진과 비슷했다. 그때 여자의 품에 안긴 아이가 혜진의 재킷에 달린 밍크 브로치를 향해 손을 뻗었다. 여자가 아이의 손을 저지하자 아이가 울음을 터뜨렸다.

"이불 금액 변상해 드릴게요."

"괜찮아요. 하루 사용한 건데요, 뭘. 그냥 주셔도 돼요."

빨리 자리를 뜨는 게 여자를 도와주는 것 같았다. 여자는 그럼 잠시만 들어와 기다리시라며 안고 있던 아이를 거실에 내려놓고 방으로 들어갔다. 혜진은 현관 안으로 들어가 문을 닫았다. 거실에 있던 아이가 다시 현관으로 나오며 혜진에게 손을 뻗었다. 혜진은 아이가 브로치를 만질 수 있도록 쪼그려 앉은 채 물었다.

"이름이 뭐야?"

"소영이요."

아이가 밍크 브로치를 만지작거리며 언제 울었냐는 듯 미소를 지었다. 아이의 긴 속눈썹에 맺혀 있던 눈물방울이 톡 떨어졌다.

"나이는 몇 살이야?"

"3살이요."

"너 참 예쁘다."

혜진은 아이의 머리를 쓰다듬으며 거실을 눈으로 훑어보았다. 가구의 형태와 배치마저 3년 전 모습과 비슷했다. 벽에 걸린 아이 사진과 바닥에 가득히 펼쳐진 육아용품에 좀 더 어수선할 뿐이었다. 두 다리를 뻗고 앉을 만한 곳도 마땅히 없어 보이는 이곳에서 아이를 낳고 기르는 여자를 향한 존경과 연민이 가슴을 스쳤다. 혜진의 머릿속에 다시금 3년 전의 일이 떠올랐다. 거실 저편에 서서 혜진은 준호에게 말했었다.

"아이를 갖자고?"

혜진은 현실을 외면한 채 태평하기만 한 준호에게 지쳐가고 있었다. 전에는 좋았던 준호의 낙관이 어리석음과 어떤 차이가 있는지도 불분명해지고 있었다.

"낳을 수 있다고 쳐, 기를 수도 있다고 쳐. 그런데 그게 과연 행복할까?"

혜진의 물음에 준호는 체념 섞인 어조로 대꾸했다.

"너 그 정도밖에 안 되는 사람이었니?"

준호가 말한 그 정도는 무엇일까. 한동안 그 질문이 혜진을 괴롭혔다. 하지만 모두 지난 일이었다.

까르륵 웃는 아이의 웃음소리에 혜진은 퍼뜩 정신이 들었다. 아이가 밍크 장식을 뺨에 비비고 간지러운 듯 어깨를 움츠리며 웃고 있었다. 아이의 말랑하고 깨끗한 입안이 들여다보였다. 이 집에서 유일하게 낯선 광경이었다.

여자가 건네준 커다란 이불 가방을 들고 혜진은 거리로 나왔다. 버스에 탈 엄두가 나지 않아 큰길에서 택시를 잡았다. 앞에 멈춰 선 주황색 택시 뒷좌석에 구겨 넣다시피 이불을 싣고 차에 올라탔다. 출발하고 얼마 되지 않아 유리창 위로 빗방울이 떨어졌다. 젖은 도로 위에서 차들은 좀처럼 속도를 내지 못했다. 신호에 걸릴 때마다 차들이 도로에 긴 띠를 이루었다. 혜진은 등받이에 몸을 기댄 채 창문에 맺힌 빗방울을 바라봤다. 빗방울 안에 바깥의 풍경이 동그랗게 담겨 있었다. 그 모습을 가만히 들여다보고 있자니 빗방울이 하나의 세계처럼 보였다. 수없이 많은 세계가 유리창에 맺혔다 흘러내리고 있었다.

문득 전에 성원이 했던 말이 떠올랐다.

"세계가 하나가 아닐 수도 있어요."

"무슨 말이에요?"

"선택할 때마다 세계가 둘로 나뉜다고 보는 양자 물리학자들이 있거든요."

"그럼 세계가 셀 수 없이 많아지는 거 아닌가요?"

"우주는 그 모든 세계를 담을 수 있을 만큼 크니까요. 어쩌면 무한할지도 모르고요. 우리가 지금 알고 있는 우주는 관측 가능한 우주일 뿐이에요."

"그렇다면 다른 선택을 내린 내가 살아가는 세계도 존재한다는 말이잖아요. 말도 안 돼요."

"맞아요. 실험도 검증도 할 수 없는 하나의 가설일 뿐이에요. 다만……."

성원은 거기서 말을 멈추고 옆에 앉은 혜진의 손을 잡았다.

"생각해 봤어요. 혜진 씨를 선택하지 않은 세계의 나는 얼마나 불행할지."

물리학도다운 고백이었다. 하지만 다른 선택을 내린 세계에 대해 혜진은 깊이 생각하지 않았다. 다른 선택을 했다면 어땠을까, 잘못된 선택을 한 건지도 모른단 생각. 아주 사소한 거라도 그것은 시작되면 마음을 엉망으로 헤집어 놓았다. 언젠가 돌멩이가 떨어진 얼음 호수 표면에 균열이 걷잡을 수 없이 퍼져 나가는 것을 보면서 혜진은 생각했다. 저건, 저건 바로 후회하는 마음의 형태라고. 그녀는 돌아보지 않았다. 돌아보는 게 힘들지, 돌아보지 않는 게 뭐 힘들어. 이제 혜진은 다른 방식으로 살 수도 있었을 삶의 여러 지점을 그런 식으로 대할 수 있었다. 뭐든 배울 수 있었다. 학교에서 가르쳐 줘야 하는 건 바로 이런 것들이었다. 마음을 다루는 법을 가르쳐야 했다. 혜진은 그것을 스스로 배우기 위해 너무 많은 애를 써야 했다. 세계에 대해 너무 잘 알기만 하도록 가르치면 어떤 아이들은 겁에 질린다.

서울의 경계를 벗어나자, 창밖으로 보이는 건물과 불빛의 밀도가 낮아지면서 택시가 시원스레 달리기 시작했다. 소나기였는지 비도 잦아들었다. 세탁소 앞에 내려 달라고 부탁하고 택시비를 치르면서 혜진은 헤아려 봤다. 세탁비와 택시비를 합치니 새 이불을 살 수 있는 금액과 그리 차이가 없었다. 어차피 여자에게도 필요한 이불이었다. 괜한 짓을 했다는 생각이 고개를 들었다. 혜진은 세탁소 앞에 서서 잠시 숨을 골랐다. 그리고 곧 생각을 털어 내듯 머리를 저으며 세탁소 문을 열었다.

이불을 맡기고 세탁소를 나서려는데 주인 남자가 혜진을 불러 세웠다.

"이것도 빨 거예요?"

주인 남자가 손바닥만 한 크기의 헝겊 인형을 내밀었다.

"이불 속에 이게 있네요."

혜진은 걸음을 옮겨 인형을 받아 들었다. 하얀 벨벳 천으로 만들어진 토끼 인형이었다. 헝겊은 부드럽게 닳아 있었고 꼬리는 떨어져 나가 실밥만 몇 가닥 남아 있었다. 두 손으로 감싸 쥐자, 토끼 귀에서 바스락거리는 소리가 났다.

성원에게서 연구에 문제가 생겨 이번 주말엔 오기 어려울 것 같다는 연락이 왔다. 알 수 없는 이유로 암호가 폐기되는 현상이 일어나 한동안은 연구실에서 살아야 할 것 같다고 했다. 혜진이 자세히 알 수는 없었지만, 양자 암호 통신은 키를 알아내려는 시도가 일어나는 순간 자동으로 암호가 폐기되어 해킹이 불가능한 기술이라고 했다. 혜진은 밤을 새우고 나면 빨갛게 충혈되는 성원의 눈을 떠올렸다. 처음 만난 날도 그랬다. 양자 암호 통신 국책 과제 업체로 선정된 혜진의 회사가 대학의 연구팀과 미팅을 진행한 날이었다. 고객지원팀인 혜진은 국책 과제 팀원은 아니었지만, 교수의 연구실에서 열리는 첫 미팅에 지원을 나갔었다. 성원은 랩실 한쪽 구석에 놓인 책상 앞에 앉아 작은 모니터를 들여다보고 있었다. 혜진은 미팅을 준비하면서 그를 몇 번 바라봤는데 변함없이 한 자세로 모니터만 바라보고 있는 모습이 정물 같다고 느꼈다. 그는 미팅 시작 시간이 다 되도록 꼼짝하지 않았고, 결국 혜진이 다가가 뜨겁고 진한 커피를 건네며 말을 붙였다.

"저기 곧 미팅 시작하는데……."

그 순간 트랜스 상태에 빠져 있던 사람처럼 그가 어깨를 움찔거리며 혜진 쪽으로 고개를 돌렸다. 뭔가를 찾고 있는 듯한 그의 시선이 그대로 혜진에게 꽂혔다. 안경 너머 그의 눈은 한눈에 봐도 수면 부족 상태였다.

그는 그녀에게서 시선을 떼지 않았다. 혜진 역시 그의 시선을 고스란히 견뎠다. 불현듯 그녀는 조바심을 느꼈다. 헤아릴 수 없는 감정이었다. 혜진은 입을 앙다물었다. 그러지 않으면 입 밖으로 탄성이 새어 나올 것만 같았다.

오늘 밤도 랩실 구석에서 부품과 전선들을 대충 밀어 놓고 토막잠을 잘 성원을 생각하며 혜진은 맥주 캔을 땄다. 그리고 성원에게 문자를 보냈다.

오늘 나 닮은 사람을 봤어.

얼마간 시간이 흐른 뒤, 그러니까 혜진이 두 번째 맥주 캔을 땄을 때, 성원에게서 답장이 왔다.

나 역시 오늘 두 번이나 당신과 닮은 사람을 봤어. 세상 모든 게 당신으로 보이기 전에 일을 마칠게.

혜진은 입안에 머금은 맥주의 탄산이 다 빠지기를 기다린 다음 천천히 목뒤로 넘겼다.

토요일 아침, 혜진은 변기에 앉아 문득 날짜를 헤아려봤다. 생리 예정일로부터 일주일이 지나 있었다. 익숙한 불안이 가슴을 스쳤다. 혜진은 그럴 때마다 상대를 괴롭혀왔다. 그러지 않고는 이 불안감을 공평하게 나눠 가질 방법이 없었다. 시작은 이랬다. "만약에 말이야." 하지만 상대가 내놓은 어떤 반응도 어떤 대답도 혜진을 만족시키진 못했다. 이야기할수록 공평해질 수 없다는 사실만 분명해질 뿐이었다. 잠잠했던 생리가 터지는 것 말고는 점점 빨갛게 달아오르는 불안감을 식힐 방법이 없었다.

혜진은 휴대폰을 집어 들고 성원의 번호를 누르려다가 그만두고 내려놓았다. 주전자에 물을 올리고 원두가 담긴 봉지와 그라인더를 꺼내 놓았다가는 다시 싱크대에 집어넣었다. 그리곤 이내 다시 꺼내 그라인더에 원두를 집어넣고 핸들을 돌렸다. 드륵드륵 소리를 내며 원두가 부서지기 시작했다. 소리가 차츰 잠잠해지면서 분쇄 날에 더 걸리는 게 없을 만큼이 되었지만, 핸들을 돌리는 일을 멈추지 않았다. 마음이 좀처럼 가라앉지 않았다. 그라인더의 뚜껑을 열고 먼지처럼 부서진 원두 가루를 잠시 들여다보다가 쓰레기통 안으로 쏟았다. 그렇게 두 번 더 갈고 두 번 다 버렸다. 쓰레기통 안에 원두 가루가 소복이 쌓였다. 혜진은 한 손을 허리에 올린 채 가볍게 한숨을 쉬며 방 안을 둘러보았다. 청소기를 돌리고 빨랫감을 모아 세탁기에 넣고 화장대를 정리하고 서랍을 열어 안 입는 속옷을 버렸다. 그러고 나니 서랍장 위에 올려둔 토끼 인형이 그녀의 눈에 들어왔다. 혜진은 인형을 한동안 쥐고 있다가 재킷에 달려 있던 브로치의 밍크 장식을 떼어 내 꼬리에 달아 보았다. 장식이 원래 있던 꼬리처럼 어울렸다. 혜진은 저도 모르게 인형을 코끝에 갖다 대고 숨을 들이쉬었다. 어린 몸에서 날법한 향기가 콧속으로 들어왔다. 혜진은 겉옷을 걸쳐 입고 집을 나섰다.

이번에 문을 열어 준 사람은 나이가 지긋한 할머니였다. 하얗게 센 짧은 파마머리에 미간이 좁은 할머니가 혜진에게 누구냐고 물었다. 혜진은 순간 당황했지만, 아이의 할머니인가 싶어, 이걸 전해 주려고 왔다고 말하며 인형이 담긴 종이 가방을 내밀었다. 할머니는 무슨 말이냐는 반응이었다.

"여기 사는 아이 인형이에요."

"무슨 아이요?" 할머니가 구부렸던 허리를 조금 펴며 말했다.

"여기는 영감하고 나하고 둘이 사는데? 집 잘못 찾아왔나 보네."

혜진은 몸을 돌려 문에 써진 호수를 다시 확인했다.

301호가 맞았다.

"여기 맞는데……. 여기 사시던 분 어디 가셨어요?"

"무슨 소리예요. 우리가 여기 산 지 3년이 다 돼 가는데."

혜진은 현관 너머 집안을 눈으로 살폈다. 할머니의 등 뒤로 묵은 잡동사니가 수북이 쌓인 나무장과 낡은 가죽 소파 위로 솟아오른 할아버지의 희끗희끗한 머리가 보였다.

"임신한 자녀분, 여기 안 계세요?"

할머니는 혜진의 관찰하는 시선에 못마땅한 기색을 드러냈고 본인은 자식이 없다며 문을 닫았다. 혹시 건물을 잘못 찾아온 건가 싶어 혜진은 밖으로 나가 건물을 올려다봤다. 건물 입구 위에 라온빌라 네 글자가 양각으로 새겨져 있었다. 주위를 둘러봐도 제대로 찾아온 게 맞았다. 혜진은 다시 3층으로 올라갔다. 문을 두드리려다 유모차가 있던 자리에 먼지를 뒤집어쓴 구르마가 하나 놓여 있는 것을 발견했다. 초인종에 포스트잇도 붙어 있지 않았다.

"계약하러 온 사람들은 노부부였지만, 실제 들어

와서 산 사람은 누구인지 나도 몰라. 자식들이 들어와 살았을 수도 있고 전세를 줬을 수도 있잖아. 당신이 처음 방문하고 며칠 사이에 아기 엄마는 이사를 가고, 할머니가 이사 온 걸 거야. 아마 치매가 있어서 착각했을 테지."

집을 누구에게 팔았냐고 묻는 혜진의 전화에 준호는 차분히 설명했다. 그러며 잠깐 만날 수 있냐고 물었다. 지금 괜찮으면 혜진이 있는 곳으로 오겠다고 했다.

카페 테이블 맞은편에 앉은 준호는 한마디로 좋아 보였다. 단정히 빗어 올린 머리카락에 재킷을 걸쳐 입은 옷차림이 조금 낯설어 보이기도 했다.

"잘 지냈어?"

그가 건네는 인사마저 어딘지 연극적으로 느껴졌다. 그러나 그것은 그의 탓이 아니었다. 이 상황이 연극적인 탓이었다. 전 남편과의 해후라니. 혜진은 그가 여기 오도록 하지 말았어야 한다는 것을 뒤늦게 깨달았다.

"응. 잘 지냈어. 당신도 좋아 보이네."

혜진은 습관적으로 커피를 시켰다가 녹차로 바꾼 찻잔을 만지작거리며 자리에서 일어날 구실을 찾았다. 하지만 준호는 자신의 근황을 꺼내 놓기 시작했다. 일 년 전 임용고시에 합격해 정교사가 됐다는 게 준호 말의 요지였다.

"모든 걸 포기하고 시험에만 매달렸던 것 같아. 합격하고 나니까 당신 생각이 옳았다는 생각이 들었어. 무조건 아이를 고집했던 거 사과하고 싶어."

혜진은 고개를 들어 그와 새삼 눈을 맞췄다. 느긋한 빛을 띠었던 그의 긴 눈꼬리에 초조한 기색이 서려 있었다. 혜진은 어깨를 으쓱거린 뒤 자신 역시 상의 없이 피임약을 먹어온 것은 잘못이었다고 말했다. 이제 와서 그와 화해할 이유가 없는 것과 마찬가지로 그와 불화할 이유도 없었다.

"당신은 어떻게 지냈어?"

준호가 물었다.

"만나는 사람이 있어. 그 사람이 쓸 이불을 찾으러 간 거였고."

혜진은 찻잔을 탁자에 내려놓으며 말했다. 준호가 시선을 약간 아래로 떨구더니 입술을 깨물었다. 저건 낙담일까? 그 표정이 보기 싫어 혜진은 창 쪽으로 얼굴을 돌렸다. 이만 가 보겠다고 말하려는 찰나, 준호가 입을 열었다.

"당신에게 하지 않은 이야기가 있어."

준호는 잠시 망설이다가 말을 이어 갔다. 병원을 찾게 된 계기. 알고 나니 차라리 홀가분하더라는 얘기. 어쩌면 잘된 건지도 모른다는 결론에 도달하기까지의 혼란. 혜진은 말을 쏟아 놓는 그의 입을 멍하니 바라보았다. 끝까지 나를 우습게 만드는구나. 시야가 한차례 빙글 돌았고 갑자기 뱃속에 든 작은 헝겊 주머니가 풀린 것처럼 웃음이 픽 새어 나왔다. 한번 새어 나온 웃음은 억제할 수 없이 커졌다. 입안에 머금은 녹차가 입술 밖으로 조금 흘러나오기까지 했다. 천장을 향해 고개를 쳐들고 좌우로 흔들며 혜진은 웃었다. 주위 사람들이 혜진을 곁눈질했다. 준호는 그런 혜진을 애처로운 시선으로 바라보더니 말했다. 마치 이 말이 혜진을 진정시켜주리라 기대하는 것처럼.

"어차피 우리에겐 선택의 여지가 없었던 거야."

혜진은 겨우 웃음을 그치고 턱을 당겨 준호를 바라보았다.

"그걸 지금 내게 왜 얘기하는 거야?"

이렇게 물었지만, 혜진은 준호의 대답을 듣고 싶지

않았다. 테이블을 두 손으로 짚으며 자리에서 일어나는데 테이블 아래에 놓아둔 종이 가방이 혜진의 발에 차였다. 가방이 엎어지며 토끼 인형이 밖으로 빠져나왔다. 그걸 보고 준호가 물었다.

"아이가 있니?"

혜진은 허리를 굽혀 인형을 집어 든 뒤 말했다.

"그래, 있어. 아이."

카페를 나와 인형을 버릴 만한 곳부터 찾았다. 여자가 이사를 간 거라면 돌려줄 방법이 없었다. 저만치 전봇대 옆에 쓰레기 봉지 서너 개가 쌓여 있는 게 보였다. 그 위에 종이 가방을 던져 놓으려다 혜진은 걸음을 멈췄다. 전봇대 뒤편 편의점 유리창에 택배라고 적힌 글자가 눈에 들어왔다. 혜진은 편의점 안으로 들어가 택배를 부쳤다. 주소에는 라온빌라라고 적었다. 길가에 버리는 것보다는 이편이 덜 찜찜했다.

편의점을 나서려는데 드디어 터졌다는 느낌이 들었다. 혜진은 생리대를 사서 서둘러 상가 화장실로 향했다. 화장실을 찾아 열려 있는 칸으로 들어가 문을 잠갔다. 잠시 뒤 옆 칸에서 말소리가 들려왔다.

"얼른 내려, 바지 내려. 엄마가 쉬 마려우면 참지 말고 얘기하랬지."

한 글자 한 글자 침착하게 아이의 이마를 찍어 누르는 듯한 목소리를 들으며 혜진은 휴지를 말아 쥐었다.

"네가 내려, 확실히 내려."

여자의 높낮이 없는 목소리가 이어졌다. 아이의 목소리는 들리지 않았다. 느낌과는 달리 휴지에는 아무것도 묻어나지 않았다. 불안이 다시 고개를 들었다. 이게 뭐 하는 짓이냐는 싸늘한 목소리와 함께 바닥 쪽으로 노란 액체가 흘러 들어왔다. 오줌은 바닥 타일의 줄눈을 따라 점차 혜진의 발 쪽으로 다가왔다. 혜진은 그걸 밟지 않도록 조심하며 밖으로 나왔다. 세면대 앞에서서 거울에 비친 옆 칸을 바라봤다. 문은 굳게 닫혀 있었다. 거품을 가득 묻힌 두 손을 오래 문지르며 귀를 기울였지만, 그 칸에서 더는 아무 소리도 들리지 않았다. 조용했다.

혜진은 화장실 밖으로 나와 입구에서 한동안 서성였다. 교복을 입은 학생 둘이 화장실로 들어갔다가 나왔을 뿐 아이와 엄마로 보이는 사람들은 나타나지 않았다. 다시 화장실 안으로 들어갔을 때 그 안에는 아무도 없었다. 돌아 버리겠다고, 혜진은 낮게 중얼거렸다.

"진짜 따로 자는 거야?"

일요일 밤, 혜진의 집에 도착해 이불을 바라보는 성원의 표정에는 서운함과 반가움이 교차했다. 아니나 다를까 성원의 눈에는 충혈의 흔적이 남아 있었다. 성원은 두 팔로 혜진을 끌어안았다.

"내일 아침이면 다시 가야 하는데 힘들게 뭐 하러 와."

"보고 싶어서."

"나도." 혜진이 손바닥으로 성원의 등을 쓸어내리며 말했다. "피곤하겠다."

"그것보다."

성원은 팔을 풀고 손에 들고 있던 비닐봉지를 탁자 위에 내려놓았다.

"배고파."

비닐봉지 안에는 튀김과 떡볶이가 들어 있었다. 둘은 그릇에 음식을 옮겨 담고 식탁 앞에 마주 앉았다.

"문제는 잘 해결된 거야?"

혜진이 물었다.

"암호가 폐기되는 문제는 사라졌어. 원인은 밝혀내

지 못했지만."

성원이 튀김을 떡볶이 국물에 푹 찍으며 말했다.

"이래서는 양자 암호 상용화 못 한다고 교수도 팀장도 한바탕 난리였지."

"고생했겠다, 정말."

"나는 혼자 이런 상상을 해 봤어." 서진이 말했다. "누군가 다른 세계에서 암호 키를 알아내려는 시도를 해서 암호가 폐기됐던 건 아닐까 하는 상상, 그런 상상을 하며 버텼지."

혜진을 안심시키려는 듯 성원은 장난기 섞인 웃음을 지었다. 걱정을 끼치지 않으려는 그의 모습에 먹먹해진 혜진은 손바닥으로 가슴을 지그시 눌렀다.

"안 먹어?"

성원이 그릇을 혜진 쪽으로 조금 밀었다.

"성원 씨가 전에 그랬지? 내가 선택하지 않은 세계도 존재할 수 있다고."

혜진은 가슴 위에 얹어둔 손을 목덜미에 가져다 대며 말을 이었다.

"나 생리가 없어."

혜진의 말에 성원은 젓가락을 내려놓았다. 혜진은

이미 성원이 보일 수 있는 모든 반응과 대답을 머릿속에 그려 보았다. 혜진은 그중 어느 것도 마음에 들어 하지 않을 것이었다. 그러니 어떤 반응도 대답도 필요하지 않았다.

성원은 침대 위 혜진의 옆에서 잠들었다. 혜진은 잠든 성원의 머리카락을 쓰다듬었다. 그 동작이 성원을 위해서가 아니라 자기 자신을 위한 것이라는 걸 아는 혜진은 오래오래 성원의 머리카락을 쓰다듬었다. 한참을 그러다가 침대 아래로 내려와 바닥에 깔린 이불 위에 누웠다. 낯설 질감과 쿠션감을 가진 새 이불에 누워 있자니 모르는 곳에 와 있는 기분이 들었다. 문득 301호의 여자가 떠올랐다. 나와는 다른 선택을 한 그 여자는 어디로 이사를 갔을까. 조금 더 큰 집으로 갔을까. 그러길 바랐다. 여유롭게 유모차를 끌 수 있는 곳으로, 근처에 아이가 뛰어놀 수 있는 작은 놀이터 하나쯤 있는 곳으로 갔기를 바랐다. 성원은 내일 아침 임신테스터기를 사 오겠다고 말했다. 혜진은 그를 말릴 생각이었다. 이 불안을 조금만 더 지속시키고 싶었다.

월요일 오후, 인쇄소에 들러 연구 개발 특집으로 발

행된 브로슈어의 제작을 맡기고 회사로 돌아가는 길, 혜진은 '현관 앞 택배 배송 완료'라고 적힌 문자를 받았다. 사진이 첨부된 문자였다. 그녀는 잠시 멍해졌다. 사진 속 301호의 초인종에는 노란 포스트잇이 붙어 있었고 택배 옆에는 유모차가 놓여 있었다. 길 한쪽에 서서 사진을 한참 들여다보던 혜진은 회사로 향하던 발걸음을 돌려 라온빌라로 향했다.

301호 앞에 서자 안에서 말소리가 들렸다.

"소영아, 노래 불러 봐. 엄마가 동영상 찍어 줄게."

여자의 목소리였고 이어서 작은 새소리 같은 노랫소리가 흘러나왔다. 이 문 너머는 대체 어디일까. 혜진은 손을 들어 문을 두드리려다가 내려놓았다. 노래를 마친 아이는 졸리다고 했다.

"이제 토끼 안고 코 잘까?"

여자의 목소리를 끝으로 다시 집안은 잠잠해졌다. 혜진은 한동안 가만히 서 있다가 가방 속에서 포스트잇과 펜을 꺼냈다. 꽃은 참 예쁘고 풀꽃도 예쁘다는 아이의 노랫말을 떠올리며 메모를 적었고 원래 있던 메모를 떼어 낸 뒤 자신이 적은 메모를 붙인 다음 라온빌라 밖으로 나왔다. 거리에 서자 뺨을 스치는 바람이 축축했다. 혜진은 고개를 들어 하늘을 바라봤다. 곧 비가 쏟아질 듯 하늘이 낮게 가라앉아 있었다.

그날 저녁, 분리수거를 버리고 집으로 돌아오던 301호 여자는 문득 집 앞의 메모를 들여다봤다. 자신의 글씨체가 틀림없었지만, 어딘가 묘하게 달라진 것 같았다.

'아이가 자고 있으니 초인종을 누르지 마세요. 택배는 문 앞에 놔주세요. 감사합니다.'

여자는 작게 메모 속 문장을 읊조렸다. 무엇이 달라진 건지는 곧 찾을 수 있었다.

착장

*

"지퍼 좀 올려 줘."

남편 쪽으로 등을 내밀며 말했다. 남편이 다가와 왼손으로는 내 허리를 오른손으로는 지퍼를 잡았다. 남편의 큰 손이 천천히 등을 쓸며 올라왔다.

"이제 딱 맞는구나."

거울 속 내 모습을 바라보며 남편이 말했다. 남편이 미국 출장을 갔다가 사 왔을 때만 해도 헐렁했던 원피스가 맞춤한 듯 몸에 감겨 왔다. 원피스는 장미 꽃잎처럼 붉었다. 무엇보다 아찔한 곡선을 그리는 네크라인이 아름다웠다. 입지 못했던 아쉬움이 컸던 만큼 나는 거울 속 내 모습에 눈을 뗄 수 없었다. 희고 매끄러워진 살결, 핼쑥한 뺨에 차오른 살, 도톰해진 가슴, 모두 임신 후의 변화였다. 남편의 눈에도 기쁨이 떠올랐다. 하지만 그것은 정말 기쁨이었을까. 어쩌면 그것은 만족, 혹은 먹잇감을 발견한 포식 동물의 눈에 떠오르는 번뜩임에 가까운 것은 아니었을지, 이제 와, 그런 생각이 든다.

"너무 예쁘다." 남편이 고개를 숙여 볼에 입을 맞춘 다음 내 배에 손을 얹고 말했다. "축복아, 엄마 예쁘지?"

남편이 방에서 나간 뒤, 나는 허리를 숙여 거울을 통해 가슴골이 얼마나 보이는지 확인했다. 복숭아 같은 두 가슴이 빨간 포장지 안에 얌전히 담겨 있었다. 허리를 세우고 등을 돌려 뒤를 바라보니 빨간 스커트 아래로 한껏 통통해져 희게 빛나는 종아리가 보였다. 낯선 아름다움이었다.

낯선 건 몸만이 아니었다. 감각이 예민해지면서 눈에 보이는 것들과 손에 닿는 모든 것을 사랑할 것 같은 기분에 자주 휩싸였다. 그리고 그 기분은 종종 성감을 자극하는 방향으로 흘러갔다. 그날 남편의 팔짱을 끼고 클럽으로 향하던 길, 허벅지에 감겼다 풀리는 스커트의 감촉만으로도 그랬다. 바람의 애무를 받는 느낌. 아랫도리가 조금 젖는 게 느껴졌다. 관계를 갖는 횟수도 오히려 임신 전보다 많았다. 전에는 은근히 밀어내곤 했던 남편의 손을 내가 먼저 가슴 위로 당겨 오기도 했던 유일한 시기였다. 그럴 때마다 놀라움과 기쁨으로 커지던 남편의 눈동자. 그러나 그런 것은 하나도 그립지 않다.

승민 선배가 오픈한 어쿠스틱 클럽은 당산역 근처의 상가 건물 지하에 있었다. 1층엔 김밥집과 편의점이 2, 3층엔 당구장과 피시방이 있는 건물이었다. 계단을 내려가 입장료를 치르고 안에 들어서자, 음악 소리가 쏟아져 나왔다. 승민 선배는 무대 옆에서 음향을 체크하고 있었는데 우리를 발견하고는 손을 흔들어 보였다. 무대에선 남자 두 명이 기타와 젬베를 치며 제이슨 므라즈의 〈I'm Yours〉를 부르고 있었다. 홀에선 사람들이 앉거나 선 채로 맥주를 마시며 공연을 보고 있었다. 남편과 나는 한쪽 구석에 있는 소파에 자리를 잡았다. 빈티지와 인더스트리얼 풍으로 꾸며 놓은 실내는 깔끔하고 멋스러웠다. 바에선 스태프들이 사람들에게 맥주와 스낵을 나눠 주고 있었다. 남편은 트레이에 자기 몫의 맥주와 내 몫의 주스를 얹어서 들고 왔다.

기타 교실 종강 공연이라고 했던 만큼 공연 수준은 높지 않았다. 나름 오래 음악을 한 것 같은 멤버가 끼어 있는 밴드도 있었지만, 대부분 신생 밴드였다. 코드를 틀리기 일쑤였고, 중간에 가사를 잊어 응원의 박수를 받고 다시 시작하는 팀도 있었다. 홀을 채우고 있는 관객들은 대부분 다음 차례 공연자들이기도 했다. 고음만 질러도 박수가 터져 나오고, 약간의 기타 기교만 부려도 콧소리를 내 주는 훈훈한 분위기 속에서 한때 아마추어 밴드의 기타리스트였던 남편만 오디션 심사위원 같은 표정과 자세로 공연을 지켜봤다. 실력에 비해 너무 제멋에 취해 있거나, 긴장해서 바들바들 떠는 사람들을 보는 게 나 역시 즐겁진 않았다. 하지만 한 밴드의 여자 보컬이 기타 줄을 튕기며 읊조리듯 그린 데이의 〈Last Night on Earth〉를 부르기 시작하자 공기가 일순간 달라졌다. 남편도 자세를 고쳐 앉았다. 귀에 익은 곡이었지만 덤덤하면서도 몽환적인 여자의 목소리가 낯설고 새로운 곡으로 들리게 했다. 기타를 들고 서 있는 여자의 연주와 노래는 수줍은 듯한 분위기로, 그러면서도 은근히 여유 있는 태도로 사람들의 귀를 끌어당겼다. 도입부가 지나고 건반과 리듬 악기가 들어가면서 여자가 가볍게 스텝을 밟기 시작했다. 그때 내 눈에 조리를 신은 여자의 맨발이 들어왔다. 박자에 맞춰 여자의 분홍색 뒤꿈치가 조리에 달라붙었다가 떨어졌고, 그걸 보고 있자니 어쩐지 목이 탔다. 나는 테이블을 보지도 않고 손을 뻗었다. 남편이 내 팔을 붙잡아 내 손에 있는 맥주잔을 주스 잔으로 바꿔 주지 않았더라면 그대로 한 모금 마셨을 터였다. 곡이 간주 부분으로 들어가자, 여자는 가늘고 긴 홑꺼풀의 눈을 아래로 내리깐 채로 기타의 코드를 바꿔 짚었다. 문득 무대가 뒤로 물러나는 것처럼 아득해졌다. 동시에 여자의 모습은 속눈썹 한 올까지 보일 만큼 또렷해졌다.

관객들의 호응도는 낮았다. 클라이맥스라고 해야 할까, 가창력을 뽐내며 절정으로 치닫는 곡이 아니라 어디에서 박수를 쳐야 할지 감을 잡지 못하는 듯했다. 격려와 응원을 갈구하는 다른 밴드들의 긴장감이 보이지 않고 듣거나 말거나 하는 여자의 무심함 때문인지도 몰랐다. 하지만 관객석에서 웅성거리던 대화는

뚝 끊겨 있었다. 나 역시 마찬가지였다. 어떤 낮은 목소리도 허공에 감도는 여자의 부드러운 목소리에 상처를 낼 것 같아 곡이 끝날 때까지 아무 말도 할 수 없었다.

여자의 밴드가 무대에서 내려오고, 다시 그렇고 그런 밴드들의 공연이 시작됐다. 김광석의 <잊어야 한다는 마음으로>, 이글스의 〈Hotel California〉, 10CM의 〈아메리카노〉를 특색 없이 커버한 곡들이 이어졌다. 나는 관객석으로 내려온 여자를 향해 시선을 돌렸다. 여자는 테이블에 양 팔꿈치를 올려놓은 채 맥주를 마시며 스낵을 집어 먹고 있었다. 카혼을 쳤던 남자가 한 번씩 뭐라 말을 걸면 피식 웃으면서.

클럽 한쪽엔 스틸로 프레임을 짠 커다란 원목 책장이 있었다. 나는 공연을 보다 말고 그 앞으로 가서 승민 선배의 컬렉션을 구경했다. 다른 사람의 책장을 보는 일은 언제나 재밌었다. 책장 주인의 뇌를 훔쳐보는 느낌이랄까. 영미 고전 소설에서부터 해외 석학들의 인문학 서적, 영화사, 음악, 건축, 천문학에 이르는 다양한 분야의 책들은 승민 선배의 다방면에 걸친 관심사와 지적 욕구를 보여 주고 있었다. 한쪽엔 『가슴 뛰는 삶』, 『월급보다 중요한 것들』, 『퇴사학교』, 『즐겨야 산다』, 『나답게 살 용기』와 같은 책들이 있는 걸 보니, 회사를 그만두고 클럽을 열기까지의 승민 선배의 고심이 보이는 듯했다. 그중 몇 권을 꺼내서 들춰 보는데, 승민 선배가 옆으로 다가왔다.

"좋아 보이네."

오랜만에 만난 승민 선배는 새치로 희끗희끗한 머리를 덥수룩하게 기르고, 프린팅이 화려한 박스 티를 입고 있어 꽤 자유인다운 풍모를 풍기고 있었다.

"선배가 더 좋아 보이는데?"

선배는 내 손에 들려 있는 책을 힐끗 한번 바라보더니 말했다.

"책 좋아하지? 우리 독서 모임에 들어올래? 한 달에 한 번씩 여기서 모이거든."

"여기서 독서 모임도 해?"

"시숍은 다른 사람인데, 여기 공간을 대여해 주면서 나도 참여하고 있어."

승민 선배는 앞으로 클럽을 복합 문화 공간으로 만들 거라고 했다.

"작곡 교실과 실내 버스킹, 북 콘서트도 열 예정이야."

"멋지다. 가슴 뛰는 인생 사는 거 같겠어."

"매달 들어오던 월급이 안 들어오니까 가슴이야 엄청 뛰지."

그 말에 나는 웃다가 책을 떨어뜨렸다. 승민 선배가 책을 주워 주려 바닥으로 허리를 굽혔고, 그 순간 테이블에 앉아 있던 여자와 눈이 마주쳤다. 눈을 피할 새 없이 승민 선배가 일어서며 다시 여자가 시야에서 가려졌다. 나를 본 걸까, 애매할 만큼 순식간의 일. 그런데도 가슴이 뛰었다.

"넌 가슴 뛰는 일 없어?"

"내가 괜히 공무원이겠어? 난 가슴 뛰는 게 겁나는 사람이야."

"아기는 잘 크고 있어? 아들이래? 딸이래?"

"아직 몰라. 다음 검진 때 알려 준다네."

"아들이면 좋겠어? 딸이면 좋겠어?"

"둘 다 좋아."

"난 딸이 좋은데."

내 대답이 끝나기 무섭게 남편이 다가와 한쪽 팔로 내 허리를 감싸며 말했다.

"그러지 마, 오빠. 그건 바라고 말고 할 게 아냐."

마치 고르기라도 할 수 있는 것처럼 아이의 성별을 바라는 부모를 나는 이해할 수 없었다. 만약 뱃속 아이의 성별이 부모가 원하는 것과 다르다면 아이가 느낄 낙담, 그런 게 있지 않을까 싶었다.

"태어나기도 전에 부모의 기대에서 벗어나지 못하는 아기들, 생각만 해도 안쓰러워."

"알았어. 알았어." 남편은 나를 달래고 승민 선배를 향해 말했다. "형은 요즘 어때?"

승민 선배는 안 그래도 부탁할 게 있다며 남편을 음향 장비 있는 쪽으로 데려갔다. 나는 소파로 돌아가 여자가 있는 쪽을 몇 번 바라봤다. 하지만 다시 눈이 마주치는 일은 없었고, 공연이 모두 끝났을 땐 어디 갔는지 찾을 수 없었다. 임신부라고 각자 먹고 마셨던 테이블을 정리하는 일에 제외되어 한쪽에 서서 클럽을 눈으로 꼼꼼히 살펴도 여자는 보이지 않았다. 사실 당시 나는 내 눈이 여자를 찾고 있다는 것을 알지 못했다. 나는 나를 모른 척하는 데 능숙했고 나중에야 되짚고 그랬다는 걸 깨닫는 것이다. 그 나중이, 여자와 가까워지고 나서인지, 여자와 멀어지고 나서인지는 모르겠다.

하지만 이것만은 알고 있었다. 아들이든 딸이든 상

관없다고 머리로는 생각해도, 조금씩 분명해지는 태동을 느끼며, 내심 아들을 바라는 내 마음을 알아챌 수 있었다. 어릴 때부터 여자애들보다 남자애들이 편했다. 여자 친구들과는 좀처럼 친해지지 않았다. 여자 중학교에 다닐 때, 따돌림을 당한 건 아니었지만, 같이 점심을 먹고, 체육 수행 평가 연습을 함께하는 애들이 있긴 했지만, 따로 연락하거나 방과 후까지 만나는 친구들은 없었다. 이따금 아무도 없는 과학실 같은 곳으로 나를 불러 자기랑 친했던 친구의 욕을 하거나, 집안의 우환 같은 걸 말하며 우는 애들은 있었다. 그러나 그뿐이었다. 다시 교실로 돌아간 후로는 데면데면해졌다. 서른 명 남짓한 교실에는 크고 작은 대여섯 개의 무리가 있었고 그 무리 안에 들어갈 때도 있었지만, 어느새 보면 나는 한걸음 물러 나와 있었다. 학년이 바뀔 때마다 마음이 가는 아이들이 있긴 했다. 흰 양말을 두 번 접어 신은 깨끗한 발목이나 귀밑과 목덜미를 덮고 있는 보송보송한 잔머리를 볼 때면 마음속에 호감이 가느다란 연기처럼 피어오르는 걸 느꼈다. 그런 여자애들 앞에선 내 머리가 이상하진 않은지, 내 행동이 어리숙하진 않은지, 내 옷차림이 후지진 않은지 신경이 쓰였다. 그리고 그게 피곤했다. 호감은 오래가지 못했다. 단지 피곤해서만은 아니었다. 나날이 예뻐지는 애들과 함께 거울을 보거나, 성적이 비슷해지거나, 누군가의 칭찬이 내가 아닌 다른 아이에게 돌아가는 걸 보면, 피어오르던 호감은 물을 끼얹은 듯 꺼졌다. 감정이 완전히 사라진 건 아니었다. 어느새 호감은 옅은 적의로 바뀌어 있었다. 묘하게 신경 쓰인다는 점에서 호감과 적의는 비슷했다.

남녀 공학인 고등학교에 들어가서야 편안한 관계를 맺기 시작했다. 남자애들은 내가 어떤 말을 해도 여자애들처럼 뭐? 그게 무슨 뜻이야? 하고 예민한 반응을 보이지 않았다. 너 옷이 이게 뭐야? 하는 지적도, 나 앞머리 기를까? 자를까? 와 같은 애매한 질문을 던지지도 않았다. 남자애들과 대화할 땐 이것저것 재고 오래 생각하지 않아도 됐고, 해 놓은 말을 가지고 전전긍긍하지 않아도 됐다. 쉽게 삐지고 토라지지 않으니 관계가 쉽게 깨지지 않을 거라는 안정감도 들었다. 남자들에게 느끼는 편안함엔 거리를 유지할 수 있는 편안함도 있었다. 여자들과 좁혀지지 않는 거리가 있을 땐 서로를 못마땅하게 여겨서 그런 건 아닌지 생각이 복잡해졌는데, 남자들과의 거리는 자연스러웠다. 친할 수도 있었지만 남자니까 친하지 않을 수도 있었다. 무엇보다 남자애들의 몸과 재능에 질투가 일어나지 않았다. 뛰어난 점을 보아도 멋있다는 감상에서 끝이었다. 남자애들과 잘 어울리다 보니, 내게 이성적 호감을 표현하는 애들이 종종 있었는데, 그게 우습기만 해서 거절하면서도 남자애들은 적이 아니라는, 언제든 내 편으로 만들 수 있겠다는 자신감도 희미하게 붙었다. 한번은 체육 선생님이 우리 반에 단체 기합을 주고는 내게는 교무실로 심부름을 시킨 적이 있었는데 그것을 두고 뒤에서 내 욕을 했던 것도 여자애들뿐이었다.

사회에 나가고 결혼을 하면서 친했던 남자 친구들과는 자연스럽게 멀어졌고 남편은 늘 내 좁은 인간관계를 안쓰러워했다. 나는 여자 동료들과 친해져 보려고 시도해 봤지만 어딘지 모를 불편함을 극복하기가 쉽지는 않았다. 하다못해 남자 동료와 나누는 침묵엔 감미로운 데가 있었지만, 여자 동료와 나누는 침묵에는 견제와 시기가 도사리는 것 같았다.

그래서 내가 딸과 잘 맞을지 걱정됐다. 아들 키우기가 더 힘들다고 들었지만, 섬세한 관계의 기술이 필요한 딸보다는 개구쟁이더라도 단순한 아들을 키우고 싶었다. 태교 책을 보면 뱃속의 태아도 다 듣는다지. 그래서 나는 속으로만 생각했다. 그 생각을 누구에게도 꺼내지 않았다.

그때만큼 몸에 충실하면서 죄책감이 들지 않은 적이 없다. 온종일 먹고 싶은 대로 먹고 자고 싶은 대로 자는 나날이었다. 유산기가 있어 구청에 휴직계를 냈던 임신 초반이 무사히 지나가고, 오르내리던 감정 기복이 안정을 찾으며 모든 것이 좋았다. 집에서 뒹굴며 책을 읽고, 재밌는 티브이 프로를 찾아보고, 인터넷으로 출산·육아 용품을 사 모으고, 태교 삼아 프랑스 자수를 만지작거렸다. 그러다 지겨워지면 동네 산책을 하고 마트에 들러 먹을 것을 샀다. 이렇게 게으르게 시간을 보내도, 마땅히 해야 할 일을 하고 있다는 생각에 마음이 흡족했다. 잘 먹고 잘 쉬는 것, 그게 당시 나의 가장 중요한 과제였다. 뉴스도 보지 않았다. 내 마음만 생각하고 내 몸만 위하는 것이 아이를 위하는 것이었다. 이기적인 게 이타적인 것이었다. 나는 세계가 아주 작아지는 것 같은 기분이 들었다. 오목한 둥지 모양으로 작아진 세계 안에 고여 있는 게 좋았다.

그래서 승민 선배로부터 독서 모임에서 다룰 책과 일정이 담긴 문자를 받고 처음엔 고민했다. 새로운 일상을 더하는 게 망설여졌기 때문이었다. 남편은 문화생활을 하는 것도 태교에 좋을 거라고 말했다. 우선 분위기나 보자는 생각으로 나는 독서 모임에 참여하겠다는 의사를 밝혔다. 그리고 그곳에서 여자를 다시 만났다. 클럽은 공연할 때와는 사뭇 다른 분위기였다. 조명이 밝아졌고, 커피 향 가득한 홀은 승민 선배가 감각적으로 배치한 소품들로 인해 라이브 카페처럼 보였다. 바에 서서 커피를 내리고 있는 사람이 여자였다. 여자를 발견한 순간, 나는 내 속에 일어나는 감정이 반가움인지 당혹감인지를 잠시 헤아려야 했다.

승민 선배가 모임 멤버를 소개했다. 프로그래머로 일한다는 시습은 몸도 얼굴도 안경도 동글동글한 남자였다. 결혼을 앞두고 있다는 한 커플과도 인사했다. 여자는 바에서 나와 내게 찻잔을 건네며 인사했다.

"전 김은효예요. 액세서리 만드는 일 하고요."

액세서리 만드는 일을 한다고 해서 보니 몸에 아무런 액세서리가 없는 게 눈에 들어왔다.

"안녕하세요. 이주영이라고 해요. 구청에서 일하다가 지금은 휴직 중이에요." 내가 찻잔을 건네받으며 마지막으로 소개를 마쳤다.

"한 사람 더 소개해야죠?"

김은효의 말에 승민 선배가 주위를 두리번거렸다. 김은효가 두 손바닥을 펼쳐 내 배를 가리켰다. 나는 한 손으로 배를 감싸 안았다.

"아, 5개월 됐어요. 태명은 축복이고요."

"반갑다, 축복아."

김은효가 손을 흔들며 인사했다. 나와 남편 외에, 축복이에게 말을 건 사람은 처음이었다.

"유전자 복제 중이시구나."

커플 쪽 여자가 말했다. 『이기적 유전자』가 그날의 책이었다.

"그런 셈이네요." 내가 대답했다.

"아, 나는 이번 생에 내 유전자를 남길 수 있으려나."

시숍이 한숨을 쉬었다.

"뭐 얼마나 대단한 유전자를 갖고 있다고 그래?"

승민 선배가 말했다.

"난 내 유전자를 이 세상에 절대 남기지 않을 거야."

선배는 자기랑 비슷한 녀석을 본인은 절대 감당하지 못할 거라며, 자신의 여러 행태를 객관화하기 시작했다. 김은효는 유전자를 최대한 많이 퍼뜨리기 위해 여러 여자들을 만나고 다녔던 아빠에 대한 추억을 늘어놓았고, 커플 쪽 남자는 여자의 수줍음은 가정적인 수컷을 고르기 위한 전략에 불과한 거였냐며, 자신이 가정적인 수컷임을 입증하기 위해 얼마나 많은 노력을 들였는지 떠들다가 연인의 팔꿈치로 가격을 당했다. 모두가 자신을 드러내는 것에 개의치 않았고 서로를 흠집 내는 것도 서슴지 않았다. 그러면서도 안전해 보였다. 까칠한 말투는 서로를 향한 호감에 거는 브레이크처럼 보일 뿐이었다. 나는 이런 분위기가 얼떨떨하면서도 마음에 들었다. 책에 대한 견해는 모두 제각각이었지만 유전자의 생존 기계인 우리 몸을 위해 양꼬치를 먹으러 가자는 결론에는 모두 한뜻이었다.

양꼬치가 다 구워지자, 김은효는 치렁치렁하게 늘어진 길고 검은 머리카락을 하나로 묶어 틀어 올렸다. 길고 흰 목선이 드러나면서 머리카락 그늘에 가려져 있던 턱 왼편의 작은 점이 드러났다. 고기를 씹는 여자의 작은 턱뼈가 움직이면서 까만 점도 함께 흔들렸다.

나는 양고기 한 점을 입에 넣으며 그 점을 바라봤다. 고소한 기름이 입안에 퍼졌고 맥주가 몹시 당기면서 배가 살짝 뭉쳤다.

퇴근하고 나를 데리러 온 남편이 뒤풀이에 합류했다.

“가정적인 수컷 하면 단연 이분이 최고지.”

승민 선배는 내게 쏟는 남편의 애정을 볼 때마다 빈정거림이 섞인 감탄을 했다. 그리곤 남편을 앨범도 하나 냈었던 밴드의 기타리스트였다고 멤버들에게 소개했다. 김은효가 반색하며 지금 연습 중인 곡이 있는데, 남편에게 기타를 부탁해도 되는지 물었다.

“노래에만 집중하고 싶은 곡이 있어서요.”

“해 봐. 자기야. 기타 치고 싶어 했잖아.”

부추긴 건 나였다.

“그럴까?”

남편이 눈썹을 으쓱 들어 올렸다 내리며 말했다. 잠시 뒤 가게 밖을 나갔다 들어온 김은효가 무알코올 맥주를 탁자 위에 내려놓았다. 나는 기갈난 사람처럼 서둘러 캔을 따서 음료를 들이켰다.

“가정적인 수컷 자리 내줘야겠는데?”

승민 선배가 남편의 옆구리를 팔꿈치로 찌르며 말했다.

남편이 김은효의 밴드와 연습을 하던 저녁, 나는 집에 있었다. 시간이 더디게 갔다. 남편은 연락을 자주 하는 편이었다. 회사에 도착했다고 점심 먹으러 간다고 집에 가는 길이라고 자신의 스케줄과 위치를 일일이 얘기했고, 튼튼이 밥은 먹었는지, 몸은 괜찮은지 내 안부를 물었다. 내가 답장을 보내는 걸 잊어도 남편의 연락은 성실하게 도착했다. 그런데 그날은 6시에 퇴근하고 연습하러 간다는 메시지를 끝으로 늦은 밤까지 연락이 없었다. 내가 먼저 연락할 수도 있었지만, 일부러 하지 않았다. 나 여기 잊는 거 있지 말라고 손을 흔들기가 소외되는 것보다 더 싫었다. 시간이 지날수록 마음이 날카로워졌다. 연락을 오든 말든, 초연하고 싶은데, 그러지 못하는 나 자신이 못마땅해 속이 괴로웠다. 결국 나는 '연락도 안 하네?'라고 남편에게 메시지를 보내고 휴대 전화 전원을 끈 뒤 잠들었다.

다음 날 아침, 남편은 연락 못 해서 미안하다고, 오랜만에 기타를 잡으니 너무 집중했다며 사과했다. 진지한 사과였지만 나는 화를 풀고 싶지 않았다. 문제를 풀고, 마음을 풀고, 그리하여 문제없음과 평화의 상태로 나아가는 것을 원하지 않았다. 내가 원하는 것은 그의 마음도 괴로움을 맛보는 것, 그도 나와 같은 분량의 고통을 받는 것이었다.

남편은 출근한 뒤 귀찮을 만큼 메시지를 많이 보냈다. 아무 일도 없었던 것처럼 오늘도 축복이랑 행복한 하루 되라고, 밥 잘 챙겨 먹으라고 했고, 날씨 좋다며 창밖의 구름 사진까지 찍어 보냈다. 그의 태연함은 내 화를 자극할 뿐이었다. 메시지를 줄곧 무시하자 얼마 뒤 전화가 왔다. 받지 않았다. 그제야 남편은 당신과 연락이 안 되니까 너무 불안하고 답답해서 일이 손에 안 잡힌다며, 정말 잘못했으니 한 번만 봐 달라는 메시지를 보내왔다. 어물쩍 넘어가려는 시도를 그만두고 용서를 호소하는 메시지를 보고 있자니 그의 쩔쩔매는 모습이 상상되면서 마음이 조금 누그러졌다. 그 역시 괴로움을 맛본 게 분명했다. 알았으니까 일해. 내 응답에 남편은 강아지가 꼬리를 흔들며 하트를 날리는 이모티콘을 보냈다.

며칠 뒤 김은효에게서 다음 밴드 연습에 나도 나올 수 있냐는 연락이 왔다. 연습 전에 만나서 전해 줄 게 있다고 했다. 김은효와 만나기로 한 날, 아침부터 종일 비가 내렸다. 낮게 내려앉은 하늘과 묵직하게 피부에 와 닿는 축축한 공기가 들뜬 건지 어수선한 건지 모를 마음을 가라앉혀 주었다. 하지만 카페에 한 발 들여놓자마자 살갗에 와 닿는 에어컨의 냉기가 눌러 놓았던 마음을 훌훌 풀어헤쳤다. 소름이 돋을 만큼 차갑고 가벼운 공기는 내가 그동안 여자들에게 느꼈던 불편마저 환기시켰다. 그래서 나는 먼저 카페에 도착해 있는 김은효의 건너편에 앉자마자 필요 이상으로 친절하게, 살갑게 굴었다. 많이 기다렸는지 묻고, 늦은 건 아니었는데도 길이 막혔다고 변명하고, 지난번 공연은 정말 멋있었다고 떠들었다. 피곤했다. 체력이 소모되는 게 느껴졌고 얼른 용건을 끝내고 싶어졌다. 내 말에 괜찮다며 조용히 웃는 김은효의 표정, 꼈다 풀기를 반복하는 팔짱, 빗물에 젖은 베이지색 반바지 끝단. 김은효의 모든 것이 자극으로 다가왔다.

김은효는 남편이 기타를 쳐 주는 것에 대한 보답을 내게 하고 싶었다면서 작은 종이 상자 하나를 내밀었다. 그 안에는 가는 체인에 연결된 진주 한 알이 담겨 있었다.

"전에 입었던 빨간 원피스에 어울릴 것 같아서 만들어 봤어요."

나는 당황한 기색을 숨길 수 없었다.

"비싼 거 아니에요. 사실 약간 흠집 난 진주인데, 은 장식으로 커버했더니 감쪽같죠?"

나는 검은 벨벳 위에 놓인 흰 진주를 손끝으로 만져 보았다.

"초음파로 처음 본 축복이 같아요."

"신기하죠? 내 안에 그런 것이 들어 있다고 생각하면?"

나는 고개를 들어 김은효의 눈을 바라봤다. 내가 어떤 말을 해야 할지 골라내지 못하는 사이, 김은효가 창가로 시선을 옮기며 말했다.

"몇 번 아이를 가졌었어요."

다시 내 쪽으로 고개를 돌린 김은효는 반복된 유산 끝에 이혼한 이야기를 들려줬다.

"아이를 가질 때마다 꼭 살얼음판을 걷는 것 같았어요."

김은효는 임신한 상태를 편안해하는 내가 인상 깊었다는 말을, 이제 자신의 몸은 척박지로 느껴진다는 말을 단조롭고 매끄럽게 꺼내 놓았다. 노래할 때처럼 어떤 위로도 공감도 구하지 않는 딤백한 발투로.

밀려들어 오는 그녀의 사연을 듣는 일이 목걸이보다 부담스럽다는 생각이 들면서도 그런 담백한 말투가 내 애를 태웠다. 그래, 그랬구나, 더 얘기해 봐, 조금 더, 하고 두 팔을 벌리고 싶어졌다. 이 카페를 나서면 도로 데면데면해지는 건 아닐지 미리 서글퍼지는 기분이었다.

"너무 좋아서 너무 싫은 기분 알아요? 나는 아기를 보면 그래요."

김은효가 찻잔을 두 손으로 감싸 쥐며 말했다. 알 것 같았다. 나는 그 순간이 그랬으니까. 이 자리를 얼른 끝내고 싶은 동시에 이 시간이 영원히 끝나지 않았으면 싶었다. 가만히 고개를 끄덕일 뿐 아무 말을 하지 않는 나를 보고 김은효가 어깨를 으쓱거리며 짐짓 개운한 목소리로 말했다.

"사연 털어놓는 것보다 친해지는 방법이 없잖아요. 주영 씨는 그런 거 없어요? 털어놓을 만한 사연 같은 거?"

무탈한 삶이었다. 외동으로 자라며 조금 외롭게 컸다는 것, 외동임에도 지금은 멀리 떨어져 사는 부모님이 대체로 무심하다는 것 정도였다. 하지만 내 입에선 엉뚱한 말이 튀어나왔다.

"나는 여자들이 불편해요. 이상하게 안 친해져요."

"난 여잔데요."

"알아요."

"내가 불편해요?"

"조금요."

"나도 그래요."

그렇게 말하면서 김은효는 테이블 위에 놓인 내 손등에 자신의 손바닥을 얹었다. 그녀의 가벼운 손짓 하나로 몸 전체가 결박되는 것 같았다. 풀고 싶지 않은 결박이었다. 우리는 창 쪽을 바라봤다. 기온이 오르며 점점 더 습해지는 바깥과 차고 건조한 실내를 가르는 창은 부옇게 흐려 있었다.

"바깥세상과 유리된 것 같네요."

내가 말했다. 손바닥이 작은 심장으로 변한 것처럼 쿵쿵거렸다.

"그래서 좋네요."

김은효가 남은 한 손으로 턱을 괴며 말했다.

연습은 음향 장비를 연결하지 않고 진행됐다. 육성으로 듣는 김은효의 노래는 공연 때보다 더 감미로웠다. 저렇게 아름다운 목소리를 가진 사람과 좀 전까지 함께 이야기를 나눴다는 사실이 새삼 뿌듯해질 지경이었다. 남편은 김은효의 오른쪽 뒤에 앉아 기타를 품안의 아이처럼 끌어안고 연주했다. 그는 무대 곁에서 연습을 지켜보는 나를 향해 한 번씩 부드러운 눈빛을 보냈다. 나는 미소로 남편의 눈길에 응답했다. 내 미소를 김은효도 보고 있겠거니 생각하며.

연습이 끝나고 나오는 길, 김은효가 내 팔짱을 꼈다. 팔에 감겨 오는 말랑하고 부드러운 감촉에 아랫도리가 울컥 젖어 들었다. 고개를 돌려 뒤를 보자 남편이 우리를 바라보고 있었다. 두 손을 바지 주머니에 찔러 넣고는 흐뭇하게 웃으며 뒤따르고 있었다.

차가운 젤이 배 위에 닿자, 몸이 가볍게 떨렸다. 의사가 초음파 기기로 젤을 넓게 펴면서 배 이곳저곳을 문질렀다. 남편과 나는 모니터를 바라보며 의사가 뭐라고 말할지 귀를 기울였다. 의사의 손이 움직일 때마다 시시각각 변하는 화면은, 어두컴컴한 밤하늘에 구름이 낮게 지나는 풍경처럼 보였다. 내 뱃속의 풍경이라는 실감은 전혀 들지 않는, 불길한 일이라도 일어날 것 같은 음산한 밤의 풍경이었다. 나는 알아볼 수 없는 어떤 형태를 두고, 의사가 이것은 입술, 이것은 등뼈, 이것은 발가락이라고 일러주었다. 그리고 마찬가지로 알 수 없는 어떤 지점을 두고 느릿하게 말끝을 늘이며, 분홍색으로 준비하셔야겠다고 말했다.

"오, 딸이래. 자기."

남편이 두 손바닥을 마주치며 말했다.

검진을 마친 뒤에는 모유 수유 부부 교실에 참석했다. 강사는 아내가 젖몸살을 하거나 유방에 울혈이 생겼을 때 남편이 해 줘야 하는 마사지 방법을 일러 줬다. 수첩을 손에 쥐고 피피티 화면을 바라보며 열심히 메모하던 남편은 나와 눈이 마주치자, 입꼬리를 늘이며 싱긋 웃어 보였다.

독서 모임에 있던 날 아침, 눈을 뜨자마자 머리가 지끈거렸다.

"나 연차 쓸까?"

남편이 출근 준비를 하다 말고 말했다.

"아니야. 괜찮아. 좀 만 더 자면 괜찮을 것 같아."

남편은 무슨 일 있으면 전화하라며 몇 번이고 당부하고는 현관을 나섰다. 아무래도 독서 모임에 나가기는 어려울 것 같았다. 멤버들이 모인 대화방에 오늘 참여가 어렵겠다는 말을 전한 뒤 침대에 다시 누웠다. 모두 두통약 하나 쉽게 먹을 수 없는 나를 염려하고 위로했다. 잠깐 눈을 붙이고 일어났을 때 김은효에게 전화가 왔다.

"밥은 먹었어요? 죽 좀 사 왔는데, 같이 먹을래요?"

동 호수를 알려 주고 얼마 지나지 않아 김은효가 찾아왔다. 우리는 주방 식탁에 마주 앉아 죽을 먹었다. 속이 따뜻해지면서 머리가 조금씩 맑아졌다.

"고마워요. 덕분에 많이 좋아졌어요."

"다행이에요. 임신 중에 아프면 정말 괴롭잖아요."

김은효가 상을 치우는 동안 나는 차를 데웠다. 차를 마시던 김은효는 내 목에 걸린 하얀 진주를 바라봤다.

"빨간 원피스랑은 잘 어울리던가요?"

"아쉽게도 이제 배가 조여서 입을 수 없게 돼 버렸

어요. 그 원피스."

"아까워요. 예쁜 원피스인데."

"은효 씨가 한번 입어 볼래요?"

김은효는 처음엔 주저하더니 내게 등을 떠밀려 옷방으로 들어갔다. 옷을 갈아입고 나오는 김은효를 보며 나는 입술을 조금 벌렸다. 빨간 원피스를 입은 김은효는 그 자체로 막 피어오르는 장미꽃 송이였다. 김은효가 내게 등을 내밀었다. 미처 다 올리지 못한 지퍼 사이로 김은효의 하얀 등과 곧은 등뼈가 보였다. 내가 다가가서 지퍼를 올리자 김은효의 가슴과 골반이 원피스를 꽉 채우는 게 느껴졌다.

나는 진주 목걸이를 풀어서 김은효의 목에 걸어 주고 싶었다. 김은효는 한사코 거부했다.

"해 봐요. 해 봐. 보고 싶어요."

내가 약간 힘을 주며 김은효의 목에 팔을 두르자, 그녀는 더 반항하지 않았다. 김은효의 목에 걸린 진주 목걸이는 장미꽃에 맺힌 이슬방울처럼 빛났다. 원피스가 향기라도 내뿜을 것처럼 싱그러워 보였다. 나는 내친김에 장미 색상의 립스틱을 찾아 김은효의 입술에 발라 주고 목선이 드러나도록 머리를 빗어서 올려

주었다. 그러면서 김은효의 턱에 있는 점을 손가락으로 톡 건드렸다. 얌전히 있던 김은효가 간지러운 듯 웃었다. 나도 웃음이 터졌다. 그때부터 우리는 툭하면 웃었다. 여자들끼리는 이런 재미가 있다는 걸 처음 느낀 순간이었다. 언제 아팠나 싶게 몸에 활기가 돌았다.

"이래도 척박지예요?"

나는 김은효를 거울 앞에 세웠다. 거울 속 자신을 보는 김은효의 얼굴에는 난감함과 놀라움이 동시에 스쳤다.

"주영 씨, 난……."

김은효가 몸을 돌려 나를 바라봤다. 그 순간 현관문에서 비밀번호 누르는 소리가 났다. 엉뚱한 짓을 하다 걸린 아이처럼 우리는 흠칫 놀랐다.

"이 시간에 누구지?"

현관문을 열고 거실로 들어선 사람은 남편이었다. 남편은 김은효를 발견하고 잠시 얼어붙은 듯 멈춰 섰다. 그리고 나는 보고 말았다. 남편의 눈이 미세하게 떨리는 것을. 그것은 찰나에 불과했다. 그런데도 나는 알아차릴 수 있었다. 무신경이야말로 능력이었다. 내게는 그런 능력이 없었다. 왜 나는 돋보기를 들이댄 것처럼 알아차리고 마는 걸까. 조금 덜 알아채고, 좀 더 무뎠다면 오히려 내 삶은 영리하게 굴러갔을 터였다. 남편은 얼른 내 쪽으로 고개를 돌렸다. 따스하고 부드러운 평소의 표정으로 내게 몸은 어떠냐고 묻고 있었다. 조금 전의 색이 들끓어 움찔거리던 눈빛은 싹 거둬지고 없었다.

"괜찮아졌어. 그런데 연락도 없이?"

내가 물었다.

"자기 죽 좀 먹으라고. 잠들었을지도 모르는데, 괜히 깰까 봐."

남편은 점심시간 끝나기 전에 회사로 돌아가야 한다며 죽집 로고가 그려진 봉지를 내게 건네고는 다시 현관으로 향했다.

"그래. 조심히 다녀와."

나도 현관으로 다가가며 그를 배웅했다.

"갔다 올게." 남편이 한 손으로 내 한쪽 어깨를 살짝 토닥이며 말했다. 그리곤 고개를 들지 않고 신발 속에 발을 구겨 넣으며 김은효에게 인사했다.

"잘 놀다 가세요."

현관문 너머로 남편의 모습이 사라지고 나는 김은

효를 돌아봤다. 얇고 붉은 옷감에 감싸인 농염한 몸과 네크라인을 따라 봉긋이 솟은 가슴 위로 하얗게 빛나는 진주알이 더는 아름답게 보이지 않았다. 이슬을 털어 내고 꽃잎을 짓이기고 싶었다. 김은효와 나 사이에 잠시 돋아났다고 믿었던 자매애 같은 것은 사라져 있었다.

남편의 눈빛을 알아차리지 못했다면, 내가 남편의 휴대 전화를 보는 일은 없었을 것이다. 아니 적어도, 남편이 씻으러 들어간 사이, 남편의 휴대 전화 화면에 김은효의 이름이 적힌 메시지 창이 뜨지 않았더라면 남편의 휴대 전화로 향하던 내 손을 거둘 수 있었을 것이다. 나는 남편의 휴대 전화를 보지 않았다. 내 남편은 다를 거라는 터무니없는 믿음을 가져서가 아니었다. 남편의 휴대 전화를 뒤지는 것만큼 구차해 보이는 일이 없어서였다. 그러다가 뭔가 의심할 만한 대목이라도 발견하고는 뒤통수를 맞았다고 충격을 받는 것만큼 우스운 일도 없었다. 그랬는데, 그래 왔는데, 그 순간만큼은 도저히 견딜 수가 없었다. 결국 나는 남편의 휴대 전화를 집어 들었다. 잠겨 있는 패턴은 대문자 L

도 Z도 N도 아니었다. 네 번째 시도 ㄷ에서 잠금이 풀리자 오히려 참담한 기분이 몰려왔다. 김은효가 보낸 건 연습 일정이 이번 주 금요일 7시로 조정됐다는 메시지였다. 나는 손가락으로 대화창을 위로 올려 그동안 나눴던 대화도 살폈다. 키를 수정한 악보 파일을 주고받고, 다른 멤버들 연락처를 전달하고, 연습실 대관을 확인한 기록들이 이어졌다. 뭘 기대했던 거지. 허탈한 마음으로 남편의 휴대 전화를 내려놓으려는데, 김은효로부터 메시지가 또 왔다.

주영 씨는 지금 뭐 해? 연락이 안 돼서.

이전의 메시지와는 다르게 반말이었다. 김은효가 원피스를 벗고 돌아간 후로 나는 휴대 전화를 꺼두고 있었다. 내 손가락은 나도 모르는 사이 답장을 쓰고 있었다. 손이 덜덜 떨렸다.

피곤한지 일찍 잠들었네.

성민 씨가 했던 부탁 말이야.

부탁이라니. 그가 김은효에게 무슨 부탁을 한 걸까. 고개를 들어 천장을 바라보는 사이 다음 메시지가 도착했다.

이젠 부탁해서가 아닌 거 같아.

그래.

좋은 친구가 생겨서 나도 좋아.

순간 모든 걸 이해할 수 있었다. 더는 손이 떨리지 않았다. 모든 감정이 쑥 빠져나가면서 몸이 진공 상태처럼 느껴졌다. 목에 수건을 두른 남편이 화장실 문을 열고 나오며 자신의 휴대 전화를 쥐고 있는 나를 당황스러운 얼굴로 바라봤다. 나는 당황하지 않았다. 엄지로 대화 창을 꾹 누른 뒤 태연히 나가기를 클릭했다.

시간이 대충 훑어보는 책장처럼 넘어갔다. 몸은 걷잡을 수 없이 불어 갔다. 진통은 끔찍했다. 촉진제와 무통 주사를 맞지 않는 자연주의 출산을 고집하다가 진통 스물두 시간 만에 유도 분만을 시작했다. 정신을 차려 보면 내가 짐승 같은 소리를 내지르고 있었다. 고통은 가차 없이 중량을 불렸고 무자비하게 온몸을 짓밟았다. 그런 상태로 일곱 시간을 버티던 나는 결국 수술실로 옮겨졌다. 간호사들이 침대에 내 팔다리를 묶었다. 마취과 의사가 수술실에 들어오더니 느릿느릿 장갑을 꼈다. 나는 고개를 들고 소리쳤다. 제발 빨리 해! 이윽고 내 팔뚝에 바늘이 찔러 넣어졌다. 그와 동시에 의식도 고통도 정전되듯 끊어졌다.

나는 아무것도 알지 못하는 것처럼 굴었다. 모든 신경을 동원해 무신경을 가장했다. 독서 모임과 클럽에 나가지 않았다. 내가 연락에 무성의하게 답하자, 승민 선배도 김은효도 차츰 멀어졌다. 남편에게는 아이를 핑계로 기타 연주를 정리하는 게 어떻겠냐고 말했다. 남편은 군소리 없이 따랐다.

따져 볼까도 했다. 김은효에게 남편의 부탁 때문에 나와 친해진 거냐고 묻는다면, 부탁이 없었어도 우린 친해졌을 거라는 대답을 할 것 같았다. 남편에게 왜 그런 부탁을 했느냐고 묻는다면, 친한 언니가 있으면 좋을 것 같았다고, 자신의 선의를 강조할 것 같았다. 그리고 둘 다 자신의 선의마저 사과하며 내 이해를 구하려 애쓸 것 같았다. 하지만 나는 이해하고 싶지 않았다. 그들의 선의를 받아들여 관계와 애정을 회복한 상태로 나아가는 것을 원하지 않았다. 내가 원하는 것은 그들도 괴로워하는 것, 그들도 나와 같은 분량의 고통을 받는 것이었다. 하지만 나는 내 괴로움의 양이 얼마나 되는지 알지 못했다. 고통은 측정할 수 없는 것이었다. 그것이 아무리 사소한 것이라 하더라도.

딱 한 번만 맞았던 옷, 빨간 원피스는 지금 옷장 가장 깊숙한 곳에 있다. 그러나 모두가 잠든 밤이면 나는 가끔 방의 불을 끈 채로 그 원피스를 꺼내 입어 본다. 어둑한 방 안에선 늘어진 아랫배도 씹던 껌처럼 흐물거리는 종아리도, 젖이 빠져나가 무르고 납작해진 가슴도 보이지 않는다. 헐겁게 남아도는 원피스의 실루엣도 감춰진다. 보이는 것은 오직, 질기고 끈끈한 어둠 속에서도 희미하게 빛나는 진주알뿐이다. 나는 거울 앞에 서서 그것을 오래오래 바라본다.

세이프 타임

*

이호원. 92년생. 남자. 보전반 소속. 프레스 라인 3번 센서를 점검하던 중 작업자가 빠져나왔다고 판단한 관리자가 설비를 원위치하면서 프레스에 어깨가 끼여 사망. 재발 방지를 위해 프레스 라인에 Human Detection Safety System(인체 감지 안전 시스템) 구축을 의뢰. 작업자들의 경각심을 고취시키기 위한 사고 사례 전파 교육을 실시.

공장 측이 우리 회사에 보내온 재해 상황 보고서의 내용은 간략했다. 짤막한 문장이 네모난 칸을 듬성듬

성 채우고 있었고, 재해 정도를 나타내는 전신 해골 모양의 어깨 부위에는 빨간 동그라미 하나가 그려져 있었다. 박 팀장은 때마침 도착한 호외처럼 보고서를 어깨높이까지 들고 흔들었다. 우리 회사가 개발한 HDSS는 카메라로 사람을 감지해 설비를 비상 정지시키는 안전 시스템이었다. 입사한 지 얼마 안 되는 총무 담당자가 실제로 이런 사고가 일어나는 거냐며 놀란 목소리로 물었다. 박 팀장은 앞으로 일하면서 숱하게 듣게 될 텐데 이런 걸로 놀라면 안 된다고 말했다. 안 그래? 김 책임? 박 팀장이 의욕적인 목소리로 내게 물었다. 나는 고개를 끄덕이는 대신 내 책상 위에 놓인 보고서를 내려다봤다. 박 팀장은 이번 건을 내게 맡기며 시스템을 공장에 성공적으로 적용시키기만 하면 올해 매출 달성은 걱정 없겠다고 덧붙였다.

차체 프레임을 생산하고 있는 공장 내부의 소음은 엄청났다. 공장 안으로 들어서려는데 공간을 꽉 채우고 있는 소음 때문에 몸이 들어갈 자리가 없는 것처럼 느껴졌다. 프레스가 철판을 쿵쿵 내리찍는 소리, 금속 스크랩이 벙커 안으로 떨어져 내리는 소리, 로봇 팔에 이어진 펌프에 에어가 주입되고 빠지는 소리가 공기 속에 들끓었다. 금속을 날카로운 것으로 긁는 듯한 소리도 끊임없이 이어졌는데 언뜻 듣기엔 목이 비틀리는 새의 비명 소리처럼 들렸다. 여러 현장을 다녔지만, 소음에는 좀처럼 적응되지 않았다. 바로 옆에 있는 사람과의 대화도 불가능한 이런 환경에서 어떻게 종일 일하는 걸까. 몸 전체가 귀로 변하는 것 같은 느낌 속에서 공장과 이어진 사무실 쪽의 작업자들을 둘러봤다. 그들 귀에는 모두 손가락 한 마디 크기의 주황색 귀마개가 꽂혀 있었다.

기본적으로 펜스 안쪽의 프레스 라인에 사람은 출입 금지였다. 자동화 시스템으로 공정의 대부분을 프레스와 로봇 팔이 알아서 했다. 엄청난 소음을 일으키는 만큼 라인이 돌아가는 모습은 경외심을 불러일으켰다. 강한 압력으로 프레스가 제품을 눌러 가공하면 로봇 팔이 그것을 집어 올려 다음 공정으로 이동시켰는데 그 움직임이 너무 정확하고 신속해서 현란해 보일 정도였다. 모든 것이 계산에 의해 효율적으로 움직이고 있었고 영원히 지치지 않을 듯한 강한 힘을 사방으로 뻗쳐 내고 있었다. 불과 얼마 전 사람이 죽어 나간

곳이라고 짐작할 수 있을 만한 것은 아무것도 없었다.

처음 투입되었던 철판이 프레스 라인의 마지막 단계에선 자동차의 도어나 트렁크의 덮개가 돼서 나왔다. 문제는 자동 운전 상태가 종종 오류를 일으킨다는 것이었다. 그러면 설비를 비가동 상태로 돌려 놓고 작업자들이 펜스 안으로 들어가서 문제를 점검해야 했다. 제품이 프레스에 제대로 안착되지 않아 센서가 감지를 못한 경우도 있고, 케이블 접촉 문제로 통신에 장애가 생긴 경우도 있다고 했다.

현장 관리자인 배 과장이 나를 공장에 이어 관제실로 안내했다. 관제실에는 4채널 모니터 일곱 대와 각 라인의 동작을 제어할 수 있는 버튼과 레버가 달린 조작반이 갖춰져 있었다. 모니터를 통해 현장의 모습을 살펴봤다. 한눈에 봐도 공장 전체를 모니터하기에는 역부족이었다. 사각지대가 눈에 띄게 많다고 생각했고 그 생각이 우스워 헛웃음이 나왔다. 아무튼 눈에 띄지 않는 구역이 눈에 띄게 많았다.

배 과장이 콧등 위에 놓인 두꺼운 뿔테 안경을 중지로 들어 올리며 물었다.

시스템 구축하는 데 오래 걸릴까요? 현장 분위기가

지금 많이 안 좋아요. 이게 들어오면 좀 나아지지 않을까 싶은데.

해 봐야죠. 우선 카메라 위치부터 전면적으로 조정해야겠어요.

그렇군요.

배 과장이 쓴입을 다시며 조작반을 주먹으로 툭툭 두드렸다.

관제실의 나머지 부분들을 둘러보던 나는 흠칫 놀랐다. 관제실 뒤쪽 벽면 구석에 웬 여자 한 명이 앉아 있었다.

저 사람은 뭐예요?

여자는 조명이 미치지 않는 곳에 놓인 접이식 간이의자 위에 두 손을 포갠 채 앉아 있었는데 마치 관제실의 일부처럼 보이도록 여러 요소를 세심하게 조정해 놓은 듯한 모습이었다. 거기 있다는 것을 나중에 알아차렸을 수도 있었겠다 생각하니 순간 머리털이 곤두섰다.

사고당한 작업자 누나예요. 동생 그렇게 되고 투병하던 어머니까지 잘못되더니 그 후로 매일 여기 와서 저러고 있어요. 공장에서 자꾸 동생이 보인다나.

배 과장은 손가락으로 자신의 관자놀이를 한번 짚었다 떼면서 낮은 목소리로 말을 이었다.

이런 일 한번 생기면 여러 사람 망가진다니까요. 사고 났을 때 있었던 전임 관리자도 다른 곳으로 인사이동 됐는데 듣자 하니 술 없이는 못 사는 것 같더라고요.

여기 저렇게 관계자 아닌 사람이 와 있어도 되는 건가요?

안 되죠. 그래도 억지로 막았다가 문제 일으킬까 봐 저러다 말겠지 하고 두는 거예요. 회사가 공단에 사고 신고를 안 했거든요. 괜히 신고하면 벌점 먹고 공장 이미지만 깎여서. 물론 회사가 보상금은 넉넉히 찔러 줬을 거예요. 좋은 게 좋은 거잖아요. 우리 회사도 재발 방지하려고 지금 이러고 있고요.

배 과장은 착잡한 시선으로 모니터를 올려다봤다. 나는 다시 한번 그녀를 돌아보았다. 짙은 색 옷을 걸친 여자의 몸은 철제 프레임 의자와 한 몸처럼 보일 만큼 가늘고 앙상했다. 시선은 모니터에 붙박여 있었는데 어쩐지 이해할 수 없는 추상화를 감상하고 있는 것 같은 모습이었다.

프레스 장비 한 대에 4대의 카메라를 설치하고 녹

화를 시작했다. 레코딩한 영상을 바탕으로 작업자의 여러 모습을 알고리즘에 딥러닝 시키는 작업을 해야 했다. 공장 현장에 맞게 시스템을 최적화시키려면 되도록 많은 영상 데이터가 필요했다. 기존 CCTV 녹화 자료가 있으면 도움이 될 것 같아서 배 과장에게 자료를 요청했다.

점검하느라 멈춰 세운 설비를 다시 가동하려 할 때였다. 줄곧 말없이 앉아 있던 여자가 입을 열었다.

잠깐만요. 저기 아직 사람이 있어요.

여자의 목소리는 뜻밖에 단단하고 또렷했다. 배 과장이 모니터를 올려다보며 물었다.

어디요?

저기요. 왼쪽에서 두 번째 모니터, 기다란 주황색 기계 옆에요. 파란 잠바 입은 사람이…….

어디요? 없잖아요?

좀 전까지 있었어요. 이젠 지나갔어요.

그러곤 다시 침묵이었다. 여러 번 반복된 일이었는지 배 과장은 조용히 혀를 차며 고개를 저었다. 아무 문제 없이 설비가 가동되고 있는데 갑자기 의자에서 일어나 저기 사람이 있는 것 같으니 작동을 멈추라며 다급한 목소리를 낼 때도 있었다. 참다못한 배 과장은 여자에게 말했다.

이봐요. 그만 좀 해요. 산 사람은 살아야지. 이게 무슨 고생이에요. 댁도 이렇게 나 방해하는 거 마음 안 편할 거고, 나도 참 난감하고 그래요. 내가 잘 보고 있으니까 걱정하지 말고 집에 가셔도 돼요. 네?

배 과장의 푸념에도 여자는 다른 말은 하지 않았다. 다만 당신도 그렇게 생각하느냐는 눈빛으로 나를 잠시 쳐다봤다. 나는 모른 척 시선을 돌렸다. 하지만 나도 모르게 종종 여자 쪽으로 고개가 돌아갔고, 이따금 뭔가 믿기 힘든 걸 발견한 것 같은 표정으로 잠시 열려 있다가 다시 캄캄하게 닫히는 여자의 표정을 보곤 했다. 내게는 그녀의 모습이 이해하기 어려운 추상화처럼 보였다.

뭘 그렇게 보고 있어요?

배 과장이 나를 툭 치며 물었다.

그렇게 신경 쓰이면 내가 얘기 좀 더 해 볼까요?

아뇨. 신경 쓰이긴요.

언제까지 저러려나. 하루하루 꼴도 말이 아니고 딱

해서 원.

중얼거리는 배 과장에게 내가 물었다.

여기서 얼마나 일한 사람이었어요?

누구요? 사고당한 작업자요? 한 일 년쯤 일했을걸요. 하청 쪽 사람이라 저도 아는 게 별로 없어요. 여기 사람들 그 일이라면 다 쉬쉬하고요.

배 과장은 자기 자리로 돌아가려다 말고 문득 생각난 듯 덧붙였다.

장례식장에 다녀왔던 사람들이 하던 얘기는 지나가면서 들었어요. 프레스가 떨어진 건 오후 7시였는데 사망 시간은 글쎄, 11시였다고 하더라고요. 그러니까 네 시간을…… 어휴.

배 과장은 말끝에 소름이 돋는지 어깨를 흠칫 떨었다. 나는 다시 뒤를 돌아보았다. 여자는 뭔가 뭉근한 통증이라도 견디는 사람처럼 앉아 있는 의자 좌판을 두 손으로 붙든 채 자신의 발치를 내려다보고 있었다.

공장 가동이 멈추는 시간을 이용해 테스트를 진행했다. 시스템이 학습한 대로 사람을 잘 인지하는지, 인지와 동시에 설비를 제대로 정지시키는지 확인해야 했다. 테스트 버전으로 프로그램 로직을 변경한 뒤 관제실을 나와 프레스 라인으로 내려갔다. 가동을 멈춘 공장은 문득 소름이 끼칠 만큼 고요했다. 공구함과 설치할 세트를 바닥에 내려놓고 펼치는 소리가 새장에서 풀려난 새처럼 층고가 높은 공장 내부를 가볍게 돌아다녔다. 정지되어 있는 거대한 프레스와 로봇 팔들은 마치 자연사 박물관에 전시된 화석 같은 분위기를 풍겼다. 카메라 신호와 세트를 연결하고 시스템을 부팅하는 동안 문득 그것들이 눈동자를 굴려 나를 내려다보는 듯한 느낌이 들었다. 작업 내내 나는 괜히 몸을 돌려 주위를 살폈다.

카메라에 사람이 인지되면 시스템은 곧바로 비상정지 신호를 내보냈다. 하지만 팔과 다리만 잡히거나 카메라 각도 상 모자의 윗부분만 잡힐 경우에는 사람으로 인지하지 못하고 넘어가기도 했다. 계절별로 옷차림이 달라져도 인지에는 변함이 없는지, 마스크나 모자의 유무에 따라 오류가 발생하지 않을지도 아직 알 수 없었다. 그뿐 아니라 천장 창으로 이따금 들어오는 직사광선이 카메라의 인식에 끼치는 영향도 고려해야 했다. 보완할 사항들을 체크한 뒤 장비를 챙겼다.

작업할 양이 생각보다 많아질 것 같았다.

관제실로 올라오니 여태 여자가 남아 있었다. 여자는 시스템 모니터 앞에 서 있었다. 화면의 흐릿한 빛을 받고 있는 그녀의 얼굴은 상기된 듯 붉었고 두 눈은 형형히 빛나고 있었다. 자연사 박물관의 유일하게 살아 있는 생물 같은 모습이었다.

이게 정말 사람이 있는지 잘 알아보나요?

내 발소리를 들은 여자가 화면에서 한 걸음 뒤로 물러나며 물었다.

몇 가지 보완해야 할 사항이 있긴 해요. 하지만 곧 잘될 겁니다.

나는 안전모를 벗고 납작하게 가라앉은 머리칼을 손가락으로 부풀리며 말했다.

그런데 왜 여태 여기 계세요?

내가 물었다. 여자가 얼굴을 돌려 나를 바라봤다.

제가 이러는 거 이해 안 되시죠?

나는 잠시 생각하는 척했지만 별다른 생각이 떠오르진 않았다.

뭘 이해해야 하죠?

내 말에 여자는 눈꺼풀을 아래로 내리며 대답했다.

그러게요.

혹시 그런 건가요? 동생과 같은 사고가 다시 일어나지 않게 하려는 의협심 같은?

그쪽은…….

다시 내 쪽을 바라보는 여자의 눈길이 서늘했다.

사고가 또 일어날 거라고 보시나 봐요?

뾰족하게 찌르는 듯한 질문에 그런 건 아니라고 자신 없는 변명을 하려는 찰나 여자가 먼저 말을 이었다.

신원 확인을 엄마가 했어요, 제가 못하고. 마침 동생이 실려 간 병원이 엄마가 입원한 병원이었거든요. 제가 본 건 사체 검안서 한 장뿐이었어요. 사망 일시와 장소, 원인, 그런 것들이 적혀 있는 종이 한 장. 그런데 잘 모르겠더라고요. 이걸 보고 동생이 죽었다는 걸 믿으라는데. 저는 거기서 아무것도 읽어 낼 수 없었어요. 아무리 그 종이를 들여다봐도 그 아이의 삶이 더 이어지지 않는다는 걸 믿을 수 없었어요.

여자는 거기까지 말하고 두 손으로 자신의 얼굴을 쓸어내렸다. 나는 테이블에 기대앉아 손에 시멘트라도 바른 것처럼 창백하게 변해 가는 그녀의 얼굴을 바라봤다.

처음엔 꿈인 줄 알았어요. 동생이 남긴 소지품을 찾아가라고 해서 공장에 왔는데 돌아가는 발걸음이 떨어지지 않더라고요. 동생의 가방을 끌어안고 사무실 구석에 앉아서 동생이 일하던 곳을 보다가 깜빡 잠들었어요. 소음이 북처럼 몸을 울렸고 며칠 동안 거의 자지 못한 상태였거든요. 그러다 깼는데 사무실 창밖으로 펜스 앞에 서 있는 동생이 보이더라고요. 환히 웃으며 서 있는 모습을 보는데 반갑기도 하고 저기 있었으면서 이렇게 속을 썩였나 괘씸하기도 하고, 얼른 일어나 사무실 문을 열고 나갔죠. 그런데 문을 열자마자 사라져 버렸어요. 동생이 서 있던 곳엔 동생도, 다른 사람도, 아무도 없었어요.

여자는 그때의 감정이 떠오르는지 허탈한 표정을 지었다.

꿈을 꾼 건가 싶었죠. 꿈에서 본 거구나 싶었고, 꿈이라도 그 모습이 또 보고 싶어 다시 공장에 왔을 때 이게 꿈이 아니란 걸 알았어요.

여자는 잠시 침묵한 끝에 또 물었다.

아니겠죠. 꿈?

묻겠다는 의지가 전혀 느껴지지 않는 질문이었다.

세이프 타임은 10초였다. 사람을 인식한 시스템이 설비의 작동을 잡아 두는 시간이었다. 세이프 타임의 최소화 역시 중요했다. 라인에서 사람이 사라지면 설비는 다시 빨리 돌아야 했다.

여기 보세요. 나는 시스템 모니터를 가리키며 배 과장에게 설명했다.

사람이 인식되고 라인이 멈추면 모니터상에 10초의 카운트가 떠요. 이땐 가동 버튼을 아무리 눌러도 라인이 가동되지 않아요.

가동 버튼을 여러 차례 누르는 내 손을 보며 배 과장이 고개를 끄덕이고는 물었다.

10초가 지나면요?

카운트가 다 떨어지면 라인은 다시 자동으로 가동돼요. 별다른 조작 안 해도요.

그럼 10초 내에 빠져나와야 하는 건가요?

아니요. 사람이 라인 안에 있는 동안에 10초는 계속 리셋 돼요. 여기 이렇게 사람이 화면에서 사라지면 카운트가 떨어지는데 다시 사람이 영역 안으로 들어오면 10초로 돌아가는 거 보이시죠?

그러네요. 그래도 이거 원 불안해서. 10초가 지나도 가동되지 않게 하는 방법은 없나요?

그것도 가능해요.

내가 라인을 비가동 상태로 만드는 조합 키를 알려 주려고 하자 배 과장이 뒤에 있는 여자를 힐끗 돌아보며 내 곁에 바짝 붙어 섰다.

혹시 몰라서요. 배 과장이 조작반을 몸으로 가린 채 작게 말했다. 나는 고개를 끄덕인 뒤 손짓으로만 조합 키를 알려 주었다.

배 과장은 조작반에서 물러나며 멋쩍은 듯 말했다.

카메라가 사람을 알아보고 참 신기한 기술이네요. 이게 그 인공 지능인가 딥러닝인가, 이세돌을 바둑으로 이긴 그런 기술이 들어가 있다는 거잖아요. 몇 년 전까지만 해도 현장에 이런 게 들어올 줄은 상상이나 했나요.

여자는 우리는 안중에 없는 듯 그저 현장 모니터를 향해 눈길을 주고 있었는데, 정말 뭔가를 보는 것처럼 눈을 크게 떴다가 찡그리곤 했다. 대체 무얼 보는 걸까. 나는 그녀가 바라보는 곳으로 눈을 돌렸다. 그곳엔 당연히 아무도 없었다.

박 팀장이 전화로 작업을 재촉했다.

김 책임, 아직 멀었어? 사장이 언제 공장에 시스템 깔리는 거냐고 물어보고 난리야.

배 과장이 전해 준 CCTV 녹화 자료는 해상도가 떨어지고 노이즈가 심해서 데이터로서의 가치가 없었다. 그렇다고 새로 설치한 카메라의 녹화 자료가 쌓이기만을 마냥 기다릴 수도 없었다.

사이드 이펙트도 너무 많고 녹화 자료만으로는 안전성이 보장될 것 같지 않아요. 영상 자료를 직접 만들어야겠어요.

혼자 할 수 있겠어? 지원 보내 줘?

지원 보내 줄 사람은 있고요?

그냥 해 본 말이지.

야근 수당이나 챙겨 주던지요.

야이, 우리가 그런 게 어디 있어.

…….

아무튼 다른 거 필요한 거 있음 얘기하고.

마네킹을 하나 구해 달라고 했다. 작업상 나올 수 있는 대부분의 자세와 동작은 내가 직접 할 수 있지만,

프레스 아래로 들어가는 동작만은 예외였다. 안전 시스템을 작동시킨 상태라 해도 천 톤에 달하는 프레스 아래로 몸을 집어넣고 싶진 않았다. 나를 대신해 프레스 아래로 들어갈 마네킹에게 작업복을 입히고 안전모를 씌우고 안전화를 신겼다. 이목구비의 대략적인 윤곽만 표현된 얼굴에 비해 다섯 개의 손가락은 살짝 구부러진 형태로 섬세하게 나뉜 마네킹이었다. 퇴근하던 배 과장은 마네킹을 끌고 공장으로 내려가는 내 모습을 향해 말했다.

처음 보는 2인 1조 팀이네요. 그럴싸한데요?

나는 마네킹의 어깨를 손으로 두드려 보였다.

새로 왔는데 두려움을 모르는 친구예요.

프레스 라인 안에서도 안전 상태를 실시간으로 확인할 수 있도록 휴대용 모니터를 카메라 신호와 연결하고 펜스 안으로 들어갔다. 펜스 안에서 내가 여러 움직임을 만들어 보이는 동안 휴대용 모니터 화면 아래에는 카운트가 떴다. 다양한 동작을 카메라에 담는 동안 카운트가 9초 아래로 떨어지는 일은 없었다.

이제 마네킹이 나설 차례였다. 표정 없는 얼굴로 펜스 바깥쪽에 기대 서 있던 마네킹을 펜스 안쪽으로 이끌었다. 카메라는 마네킹을 무리 없이 사람으로 인지했다. 마네킹을 들어 올려 프레스 아래에 집어넣은 다음 나는 화면 바깥으로 나왔다. 화면상으론 프레스 바깥으로 튀어나온 마네킹의 종아리만 보이는 상태였고 이런 모습은 알고리즘이 아직 사람이라고 학습하기 전이었다. 카운트가 차근차근 줄어들었다. 카운트가 완전히 떨어지기 전에 카메라 영역 안으로 들어갔다. 카운트가 다시 리셋 되는 걸 확인하고 마네킹의 자세를 바꿨다. 프레스 사방의 여러 각도로 마네킹을 집어넣고 자세를 조정하고 화면에서 빠지고 들어가길 반복하는 동안 등에서 땀이 배어 나왔다.

할 일을 모두 마친 마네킹의 다리를 수고했다는 의미로 두드린 뒤 잡아끌었다. 그런데 어디에 걸렸는지 마네킹이 빠지지 않았다. 힘주어 당겨 봐도 나오지 않았다. 걸린 부분을 찾아내 직접 빼는 수밖에 없었다. 잠시 망설인 끝에 카메라를 한번 쳐다본 뒤 프레스 아래로 상체를 집어넣었다. 배에 차가운 금속의 냉기가 전해졌다. 안쪽을 살펴보자 프레스 금형의 타공된 부분에 마네킹의 손가락이 끼인 게 보였다. 고개를 돌려 휴대용 모니터를 확인했다. 카운트가 6초까지 떨어져 있었다. 우선 프레스 바깥으로 나왔다. 관제실로 돌아가 라인을 비가동 상태로 돌려놓을까 하다가 그만두었다. 피로가 어깨를 짓눌렀고 지금껏 살펴본 결과 시스템은 믿을 만했다. 공구함에서 망치를 꺼내 들고 다시 프레스 안으로 몸을 밀어 넣었다. 마네킹 손가락은 단번에 부서졌다.

곧장 몸을 프레스 바깥으로 빼는데 뭔가가 뒷덜미를 확 잡아끌었다. 옷에 목이 졸려 컥 소리가 났다. 상의가 어딘가에 끼인 것 같았다. 머리에서 송곳으로 찌르는 듯한 땀이 솟았다. 이를 악물고 있는 힘껏 몸을 잡아당겨 보았다. 두둑, 하고 재봉선 터지는 느낌만 들고 소용없었다. 옷을 벗는 게 낫겠다는 판단에 티셔츠를 잡고 두 팔을 들어 올렸다. 티셔츠가 얼굴을 가리기 직전 화면에 떠 있는 숫자 7이 보였다. 그런데 옷이 턱에 걸려 올라가지 않았다. 땀에 전 소매에서 팔도 빠지지 않았다. 다시 한번 심장이 쿵 내려앉았다. 몸부림을 칠수록 옷이 꼬이며 얼굴과 팔을 옥죄어 왔다. 앞도 제대로 보이지 않았다. 온몸의 핏줄이 터져 나갈 것처럼 몸을 흔들었다. 그 바람에 휴대용 모니터는 프레스 밖으로 떨어져 나갔다. 머릿속으로 카운트가 지나갔다, 6.

터질 것 같은 심장 대신 비명이 터져 나왔다. 누구 없어요? 사람 살려, 5. 나를 향해 전속력으로 달려오는 죽음의 속도가 느껴졌다, 4. 희미한 시야에 누구라도 나타나기를 바라며 두리번거리는 순간 눈앞에 얼굴 하나가 나타났다, 3. 불안과 고통이 터질 듯 담겨 급기야 텅 비어 버린 표정의 얼굴이 나를 응시하고 있었다, 2. 더는 비명도 나오지 않았다. 머릿속 카운트는 간단없이 떨어졌다, 1. 눈을 감았다, 0. 프레스에 깔리듯 얼굴도 사라졌다.

그 순간 정적을 꿰뚫는 날카로운 새의 비명 소리가 들렸다.

호원아!

티셔츠의 옷감 너머로 카메라 앞에 서 있는 여자의 어렴풋한 실루엣이 보였다.

죽을 뻔했다고, 박 팀장과 배 과장에게 말했다. 말하면서 나는 조금 이상한 기분에 휩싸였다. 죽을 뻔했다는 말을 어떤 과장을 위해서가 아니라 사실 그 자체를 말하기 위해서 쓰고 있다는 것이 이상했다. 하지만 기분이 이상한 진짜 이유는 다른 데 있었다. 죽을 뻔했다고 말하면서도, 말하고 있지 못하는 기분이었다. 내 표현력의 문제가 아니었다. 그것은 말로 다 표현될 수 있는 것이 아니었다. 내 말은 보고서에 적히는 문장과 다를 게 없었다. 어깨뼈에 그려진 빨간 동그라미와 다를 게 없었다. 말할수록, 말하려 하면 할수록, 그 경험은 뭉개졌다. 잘게 부서져 갔다. 얘기를 마쳤을 때 내 기억과 감정들은 손 쓸 수 없을 만큼 짓이겨져 있었다.

어쨌거나 그들은 내 말에 놀랐고 염려했고 위로했다. 그리고 안전을 당부했다.

시스템은 이제 사람의 모습을 민감하게 인지했다. 다양한 옷차림에도 어떤 자세에도 문제없었고 신체의 일부만 나타나도 설비를 즉각 멈추었다. 시스템의 성능을 보고 만족한 공장 측은 공장 전체에 시스템을 설치하기로 결정했다. 사장과 박 팀장은 번갈아 가며 내 어깨를 두드렸다. 한 번 결정되자 일은 일사천리로 흘러갔다.

라인 전체에 시스템 설치를 완료한 밤, 관제실에 혼자 남아 파일철에 꽂아 둔 이호원의 재해 상황 보고서를 꺼내 펼쳤다. 보고서 양식을 구성하는 글자를 제외하면 메모지 한 장 안에 다 적힐 만한 내용을 아무리 들여다본들 더 알 수 있는 것은 없었다. 그것은 그의 죽음으로 마무리된 삶이 아닌 죽음으로 절단된 삶에 대해서 아무것도 말하고 있지 못했다. 오히려 그것은 지우고 있었다. 그가 죽었다는 사실을, 그가 살아 있는 사람이었다는 사실을 지우고 있었다. 어쩌면 보고서 따위가 그런 것을 말할 필요는 없는지도 몰랐다. 보고서에 그런 것을 기대하는 자체가 어리석은 짓인지도 몰랐다. 하지만 적어도 행간에 담긴 일하다 다치고 죽는 게 자연스러운 일이라는 뉘앙스는 만큼은 없어야 하는 것 아닌가, 간략하고 경제적인 서술로 책임에 대한 의문을 쉽게 떠올릴 수 없게 만들어서는 안 되는 것 아닌가. 결국 나는 두 손으로 종이를 찢어발겼다.

배 과장에게 받은 CCTV 녹화 파일이 떠올랐다. 파일 안에 그날의 기록이 있을 것이었다. 폴더를 뒤져 영상 하나를 찾아냈다. 영상을 클릭했다.

오후 6시 45분, 이호원으로 추정되는 인물이 프레스 근처에 나타났다. 멀고 흐릿한 이호원의 얼굴을 보자 카운트가 떨어지기 직전에 프레스 안에서 보았던 희미한 얼굴이 떠올랐다. 마네킹 위에 덧입혀진 불안과 고통으로 일그러진 얼굴. 만약 그 얼굴이 보이지 않았다면 지금 나는 어떻게 됐을까. 마우스 위에 놓인 손가락이 순간 경련했다. 화면 속 저 얼굴은 아직 어떤 불안도 고통도 모르고 있었다. 곧 자신에게 닥칠 일을 모르고 있었다. 스스로에게 무심한, 그런 얼굴을 보고 있자니 괴로웠다. 할 수만 있다면 화면을 두드려 일깨워주고 싶었다.

쪼그려 앉아 프레스 옆을 살펴보던 이호원은 허리를 펴고 프레스 뒤쪽으로 향했다. 곧 이호원의 모습이 시야에서 사라졌다. 하지만 보이지 않아도 그는 거기에 있었고 거기에 있으나 안 보이는 그가 내게는 보이는 듯했다. 나는 그를 느낄 수 있었다. 미지근한 살갗과 살갗 아래에 흐르는 혈액과 혈액이 만들어 내는 맥박을 가진 존재가 그 뒤에 있다는 것을 느낄 수 있었다. 그 느낌을 조롱하듯 잠시 뒤 프레스가 쿵 떨어졌다. 어떤 기미도 없이 쿵. 나는 의자 팔걸이를 두 손으로 움켜쥐었다. 이윽고 공장의 불이 꺼지며 화면이 어두워졌다. 천천히 화면을 잡아먹던 어둠은 공장 바닥의 한 점에 더 짙게 고였다.

사고 이전 날짜의 영상을 뒤졌다. 이호원은 작업에 들어가기 전 왼손으로 코를 쥐었다 놓는 버릇이 있었다. 그가 나오는 부분들의 영상을 편집해서 USB에 담았다. 다음 날 여자에게 USB를 건네주었다. 여자는 아무것도 묻지 않고 그걸 받았다.

공장을 떠나 회사로 복귀하고 얼마 되지 않아 공장 측의 컴플레인을 받았다. 박 팀장은 얼른 가서 해결하라며 내 등을 떠밀었다.

배 과장이 관제실에 도착한 나를 보자마자 한숨을 쉬었다.

이게 말이에요. 사람이 있는데 없다고 하는 것도 문제지만, 사람이 없는데 있다고 하는 것도 문제거든요.

나는 모니터상의 멈춘 설비를 바라봤다. 시스템의 민감도가 높아지자 카메라는 사람이 아닌 것도 사람으로 인식해 설비를 자꾸 멈추게 하고 있었다.

여기서는 멈춤이 그냥 멈춤이 아니에요. 그게 다 손실이라고요. 비용이고 돈이에요.

배 과장이 안경을 벗고 손가락으로 미간을 누르며 혼잣말을 했다.

이젠 기계가 나서서 귀신이라도 보는 건지…….

관제실을 둘러보았다. 여자의 모습은 보이지 않았다. 간이 의자는 접힌 채 구석에 놓여 있었다.

문제 지점의 자료를 모아 카메라가 무엇을 사람으로 잘못 인지하는지를 살폈다. 로봇 팔이 제품을 집어 올려 프레스 쪽으로 회전하면서 보이는 순간적인 각도를 사람의 형상으로 인식하는 것 같기도 했고, 늦은 오후 시간 펜스 바깥에 있는 작업자의 그림자가 프레스 라인 쪽으로 길게 늘어질 때가 있었는데 그 그림자를 사람으로 오인하는 것 같기도 했다. 하지만 어느 하나 확실하지 않았다.

도대체 카메라가 무엇을 보고 멈추는 걸까. 정말 어떤 영혼의 윤곽이라도 잡아내는 것일까. 여자가 있다면 물어보고 싶었다. 당신, 무엇을 보았던 거냐고. 무엇이 보였던 거냐고. 어떻게 그것들을 무시하지 않을 수 있었느냐고.

사람을 사람으로 인식하는 게 이토록 어려운 일인 걸까. 사람이라는 게 이렇게 다른 것과 변별되기 어려운 거였나. 별생각이 다 들었다. 하지만 한 번 시작된 생각은 이치와 논리의 벽을 허물어뜨리며 퍼져 나갔다.

카메라가 뭔가를 보는 게 분명하다. 표현이 가능하도록 장치해 놓으면 시스템은 이것도 안 보이냐며 보지 못하는 인간들을 비웃을지도 모른다. 여기 사람이 있어, 사람이 있다고. 안 보여?

아니, 그런데 기계도 이렇게 사람이 있을까 봐 주저하는데, 기계마저도 비용이나 손실이 아닌 사람을 먼저 보는데, 사람은 사람이 있어도, 왜? 어? 왜 안 보는데! 감정이 터질 듯 차올랐다. 하지만 이러한 감정을 표현할 순 없었고, 나는 다만 내가 할 수 있는 일을 해야 했기 때문에, 프로그램 로직을 바꾼 다음, 별거 아닌 걸로 멈출 때는요, 10초 기다리지 마시고 이렇게 조작하시면 된다고 배 과장에게 일러 주고는 자리에서 일어났다.

어떤 예감도 없었다. 다시 차를 몰고 공장을 떠나 회사로 돌아가는 길, 전화가 또 걸려 오기 전까지 머릿속은 갓 비운 쓰레기통처럼 비어 있었다.

다시 차를 돌려 공장에 도착했을 때 작업자는 병원에 실려 간 뒤였다. 남은 직원들도 공장을 빠져나가고 없었다. 비상등을 제외한 모든 불이 꺼진 공장은 어둑했다. 관제실 쪽 불빛만이 창문에 어른거렸다. 배 과장은 관제실 한쪽 구석에 앉아 있었다. 안경을 벗고 두 팔에 얼굴을 파묻은 채였다. 어깨가 들썩거렸고 알아들을 수 없는 말을 웅얼거리고 있었는데, 인기척을 느끼고는 기다렸다는 듯 고개를 들고 말을 쏟아냈다.

이게 다 당신 때문이야. 이번에도 별거 아닌 줄 알았지. 또 기계가 괜히 엄한 것을 보고 멈췄나 보다 했지. 진짜 사람이 있는 줄 내가 알았겠냐고. 그런 줄 내가 알았겠냐고. 당신이 설정을 개같이 해 놓지만 않았어도…….

그의 턱은 심하게 떨리고 있었다. 입가에 흘러넘치는 침을 닦아 내지도 않았다.

나 때문이라니. 나 때문은 아니었다. 시스템의 민감도를 올려 놓은 게 사고의 원인이라고 볼 수는 없었다. 이번 재해 상황 보고서 어디에도 내 이름은 언급되지 않을 것이었다. 굳이 나 때문이 아니라고 항변할 필요도 없었다. 하지만 정말 그럴까. 이번 보고서에는 대체 어떤 문장이 적힐까.

그때 전화벨이 울렸다. 배 과장은 밧줄을 쥐는 것처럼 두 손으로 전화기를 붙들었다. 에에, 에에. 아무튼, 알겠어요. 에에, 그래요. 에에. 짧게 통화를 마친 배 과장은 전화기를 내려놓은 뒤 무릎 사이로 다시 고개를 박았다. 그리고 곧 토하는 것 같은 소리를 내며 말했다.

안 죽었어. 안 죽었어. 죽지는 않았어.

사고가 일어난 곳은 이번에도 프레스 라인이었다. 사고 지점에 가 보기 위해 공장 쪽으로 이어지는 출입문을 향해 돌아서다 걸음을 멈췄다. 언제부터 거기 있었던 걸까. 출입문 앞에 여자가 서 있었다. 모든 게 다 비현실 같았다. 실제로는 아무 일도 일어나지 않은 거라고, 이건 다만 꿈이라고 말해 주기를 바랐다. 나는 아무 말 못 한 채 그녀를 바라보기만 했다. 그녀 역시 가만히 서서 나를 바라봤다. 한동안 서로를 바라본 끝에 내가 한 걸음을 뗐다. 그녀는 한걸음 뒤로 물러났다. 그제야 현실이라는 실감이 들면서 가슴 한쪽이 풀썩 무너지는 듯한 통증을 느꼈다. 눈이 질끈 감겼다. 속에서 울컥 치솟은 무언가가 눈꺼풀 안쪽을 따갑게 찔렀다. 다시 눈을 떴을 때 그녀는 거기 없었다. 출입문 밖으로 뛰어나갔지만, 그녀는 보이지 않았다. 공장을 나와 사방을 살펴도 그녀의 모습을 찾을 수 없었다. 커다란 나방만이 가로등 불빛 속을 맴돌고 있었다. 어디선가 멀리서 새의 목쉰 울음소리가 들려왔다.

그게 마지막이었다. 그녀는 다시 나타나지 않았다. 시간이 지나면서 그날 그녀를 보았다는 확신도 옅어졌다. 하지만 나는 여전히 그녀의 모습을 본다. 이젠 없는 이호원을 발견하던 그녀처럼 나 역시 사라진 그녀의 모습을 발견한다. 그녀의 추상화 같은 표정과 흐린 실루엣은, 잇달아 도착하는 보고서의 행간과 공란을 마주할 때마다 나타난다. 간략한 보고서의 나머지 부분을 사물같이 선명한 그녀의 모습으로 채워 나간다.

지금도 세이프 타임은 흐르고 있을 것이다. 일시적으로 주어지는 안전할 수 있는 시간. 그래서 보장인지 협박인지 알 수 없는 세이프 타임이 째깍째깍 흘러갈 것이다. 나는 아직도 알지 못한다. 세이프 타임 아래에서 아무도 다치지 않으려면 어떻게 해야 하는지. 다만 이제 이것만은 안다. 인지하기 위한 노력보다 인지되기 위한 노력이 더 절박하다는 것만은.

기도의 문법

*

아이가 울먹이는 소리에 은강은 눈을 떴다. 꿈을 꾸던 중이었고 생생한 감정에 사로잡혀 있었는데 아이의 목소리가 꿈의 막을 찢고 들어왔다. 결박에서 풀려나는 듯한 기분으로 잠에서 깨어난 은강은 약간 어리둥절한 채로 방 안을 둘러보았다.

"무서워, 엄마."

아이가 훌쩍이며 은강의 품으로 파고들었다. 박명 속에서 바라본 시곗바늘은 오전 6시를 가리키고 있었다.

꿈과 현실 사이에 놓인 문이 아귀가 맞지 않는 거처

럼 머릿속이 덜그덕거리는 와중에도 은강은 팔을 뻗어 아이를 껴안으며 말했다.

"왜 그래, 민채야. 엄마 여기 있어."

"무서운 꿈 꿨어."

"많이 무서웠구나?"

"응."

눈썹이 발개진 아이가 고개를 끄덕이며 눈을 비볐다. 은강은 손으로 땀에 젖은 아이의 머리칼을 쓸어 넘겨 주며 물었다.

"무슨 꿈 꿨는데?"

아이는 말하기 싫다며 고개를 흔들었다. 은강은 아이 등을 토닥였다. 작고 가냘픈 아이의 몸이 가늘게 떨리고 있었다. 아이는 어릴 적 은강처럼 무서움을 많이 탔다. 은강의 부모는 은강의 무서움을 못마땅해했다. 무섭긴 뭐가 무서워. 부모는 말했고, 그 말이 무서운 꿈보다도 더 무서웠던 기억. 은강은 아이의 정수리에 입을 맞추고 숨을 깊게 들이마셨다. 할 수만 있다면 아이의 무서움을 모두 자기 쪽으로 빨아들이고 싶었다.

"이젠 괜찮아. 민채야. 엄마 여기 있으니까 괜찮아."

"하느님, 나빠. 소원 안 들어줬어."

아이가 눈물을 훔치며 볼멘소리를 했다. 어젯밤 잠들기 전, 아이는 창문을 향해 앉아 두 손을 모았다. 그리곤 눈을 감고 무서운 꿈을 꾸지 않게 해 달라고 하느님께 기도를 드렸다. 그 모습에 은강은 조금 놀랐다. 누가 일러 준 걸까. 아이에게 기도하는 방법을. 은강이 모르는 사이 아이는 많은 것을 배우고 있었다. 어쩌면 보이지 않는 존재를 향해 무언가를 기원하는 건 누가 가르쳐 주지 않아도 하게 되는 건지도 몰랐다. 그것은 배우지 않아도 저절로 깨우치게 되는 것 중 하나인 것일까. 은강은 기도하는 아이의 등을 물끄러미 바라봤다. 잠옷 위로 도드라진 등뼈가 마치 몸에 새겨진 묵주 구슬처럼 보였다.

다시 잠든 아이의 얼굴은 평온했다. 잠든 아이의 얼굴에는 하염없이 시선을 잡아끄는 무엇이 있었다. 잠이 든 아이는 여기에 있는 것 같지 않았다. 다른 데로 떠나 있는 것 같았다. 아이는 지금 어디에 가 있는 걸까. 이렇게 예쁘고 보드라운 몸은 여기에 둔 채 어디로 간 걸까. 아이를 향한 해소할 길 없는 그리움에 은강의 목울대가 뜨거워졌다. 한동안 아이의 얼굴을 바라보던 은강은 시간을 확인하고 조심스레 몸을 일으켰다. 등이 뻐근했다. 꿈의 내용은 지워졌지만, 꿈속에서 줄곧 간절했다는 감각만은 몸에 남아 있었다. 정말로 어딘가에 다녀온 것 같은 기분이었다. 뭐가 그렇게 간절했을까, 한낱 꿈일 뿐이었는데. 은강은 고약한 농담에 속은 기분으로 고개를 흔들었다.

침실을 빠져나와 창문 앞에 서자 비안개로 뿌옇게 흐린 대기가 눈에 들어왔다. 열흘 넘게 비가 이어지고 있었다. 건조대에 널어 놓은 수건이 며칠째 마르지 않았고 뉴스는 연일 침수 피해를 보도했다. 티브이를 켜면 물에 잠긴 도로와 지붕만 겨우 드러난 집들이 화면 위를 지나갔다. 은강은 창문을 열고 바깥을 내다봤다. 골목이 흠뻑 젖어 있었지만, 이쪽 동네는 별다른 피해를 보고 있지 않았다. 은강은 가슴 한쪽에 안도가 고이는 걸 느꼈다. 자신은 재난을 피해 가고 있다는, 불행에서 비켜나 있다는, 소박하고 이기적인 안도가 곳곳에 패인 물웅덩이처럼 고였다.

은강은 그렇게 살아왔다. 기쁨보다는 안심을 우선하고, 좋은 일이 생기길 기대하기보다는 나쁜 일이 일어나지 않았다는 사실에 만족하며 살아왔다. 얻은 게 없어도 무언가를 박탈당하지 않았다는 것만으로도 감사해하며 살아왔다. 하지만 문득, 비를 피할 곳을 찾지 못한 까치 한 마리가 감나무의 우듬지에 앉았다 날아오르는 모습을 보면서 은강은 생각했다. 무사하고 안전하다는 실감은 때때로 짧게 찾아올 때 유효한 것이지 일상을 내내 무사와 안전에 기대어 살 수는 없는 거라고. 그러자 안도가 고였던 은강의 가슴 한쪽이 묵직하게 저려 왔다.

"답사 갈 수 있을까요? 비가 계속 내리는데."

"가야죠. 언제까지 미룰 수 없잖아요."

D가 전화를 걸어와 답사를 미루자고 했지만, 은강은 가겠다고 했다. 더 미루면 일정에 차질이 생길 거라는 이유를 댔지만, 문득 저 빗속으로 들어가고 싶어졌기 때문이었다. 저 비를 피할 이유가 뭐란 말인가. 어린아이들처럼 빗속으로 뛰어 들어가는 상상에 오히려 조금 흥분됐다. 젖는 것 따위 아랑곳하지 않는 분별없음과 젖도록 내버려두는 체념의 개운함을 떠올리자 어깨가 가볍게 떨렸다.

와이퍼를 최대 속도로 작동시켰다. 유리창 위를 두껍게 덮는 빗줄기를 와이퍼가 빠르게 밀어내는 동시에 세찬 빗줄기가 퍼부어졌다. 앞이 보이지 않는 순간이 있었지만, 앞이 보이는 순간도 있었으므로 대체로 보이는 것 같은 착각 속에서 은강은 천천히 차를 몰고 앞으로 나아갔다. 라디오에선 최근의 이례적인 비는 단순 장마라고 보기 어렵고 지구 온난화로 인한 이상기후 현상이라는 말이 흘러나왔다. 은강은 유치원으로 가는 길에 아이가 했던 질문을 떠올렸다.

"엄마, 비는 왜 내리는 거야?"

"음…… 세상을 촉촉하게 해 주려고."

"왜 촉촉해야 하는데?"

"나무와 풀이 물을 마셔야 하니까."

"나무랑 풀이 왜 물을 마셔?"

"그래야 사니까."

"왜 그래야 살아?"

"……글쎄."

아이의 끝없는 물음표 앞에서 은강은 길게 버티지 못했다.

"엄마도 몰라?"

"응, 모르겠네."

더는 묻지 않고 우산을 꼭 쥔 채 걸어가던 아이가

잠시 뒤 소리쳤다.

"아, 알겠다, 왜 비가 내리는지!"

"뭔데?"

"빗방울들이 나뭇잎 위에서 미끄럼 타고 싶어서 그런가 봐."

비에게도 마음이 있다고 생각하는 아이가 귀여운 것도 잠시, 그 단순한 해답이 세상의 많은 이유를 설명해 줄 수 있을 거란 생각이 들었다. 그저 그러고 싶은 마음, 그게 세상의 이유인지도 모른다. 왜 그랬냐는 질문에 마땅한 답 같은 건 사실 없는 걸 수도 있다. 이해하기 어려웠던 일들과 은강 자신의 마음까지도, 다만 그러고 싶어서 그랬다고 생각하면 이해할 수 있을 것만 같았다.

숲에 도착할 즈음엔 비가 제법 가늘어졌다. 차가 드나든 지 오래된 듯한 좁은 흙길을 지나자 자갈이 깔린 너른 공터가 나타났고 그 너머로 부드러운 비안개에 감싸인 숲의 윤곽이 보였다. 은강은 공터 한쪽에 차를 세우고 레인코트를 꺼내 입었다. 조금 지나자 저만치에서 걸어오는 D의 모습이 보였다. 하얀 비닐 우비를 입은 D는 언뜻 희미한 얼룩처럼 보였다. 와이퍼로 쓱 밀어내면 지워질 것 같은 그런 얼룩. 은강은 레버를 올려 와이퍼의 작동을 멈췄다.

은강이 D를 처음 만난 건 넉 달 전이었다. 봄이 시작될 무렵 청소년 단체에서 산림 치유 지도사를 구한다는 전화를 받았다. 사무실에 도착해 게시판에 빼곡히 붙어 있는 청소년들의 활동 사진을 들여다보며 담당자를 기다리고 있던 은강은 문이 열리는 소리에 뒤를 돌아보았고 그 순간이 사진처럼 찍혀 기억에 남으리라는 것을 예감할 수 있었다. 문을 열고 들어온 사람은 사진 속 인물 중 한 명이었다. 그는 햇빛을 보지 못해 웃자란 식물 같은 중고등학생들 곁에 고목처럼 서서 흐린 웃음을 짓고 있었다. 사진을 유심히 보았기 때문일까. 은강은 문득 오래전부터 알던 사람을 마주한 듯한 기분이 들었다. 실제 마주한 그는 사진보다 젊은 인상이었지만, 눈만큼은 불안을 오래 견딘 사람만이 지니게 되는 빛이 서려 있음을 은강을 알아볼 수 있었다. 그리고 그 눈이 은강과 마주치면서 일순 흔들리는 것도. 뭔가를 탐하느라, 혹은 뭔가를 체념하느라, 둘 중 어느 것으로 보아도 무방한 그런 흔들림이었고 그것은 은강 역시 마찬가지였다. 그의 눈에 담긴, 가라앉아 있으면서도 상대에게서 뭔가를 확인하려 드는 도전적인 빛이 은강의 망막에 진하고 또렷한 음영을 남기는 순간, 은강의 동공 역시 흔들리지 않을 수 없었다. 그들은 짧은 순간 서로에게서 그것을 확인했고, 동시에 서로에게 확인한 것을 모른 척했다. 거의 본능적으로, 무언가에 닿은 달팽이의 더듬이처럼 둘 다 자신 속으로 기어들어 갔다. 중요한 것은 결국 그것이었다. 서로를 확인했다는 것보다 모른 척하기로 했다는 것, 그것이 다른 모든 것을 집어삼킬 수 있었다.

단체의 활동가라고 자신을 소개한 D는 자리에 앉자마자 위기 청소년들을 위한 산림 치유 프로그램에 관해 설명하기 시작했다. 그는 경험은 많지 않고 의욕은 넘치는 젊은 활동가들이 으레 그렇듯 조급하면서도 성실하게 설명을 이어 나갔다. 그 모습을 물끄러미 바라보던 은강은 그를 멈춰 세우듯 물었다.

"위기 청소년이요? 어떤 위기죠?"

"그게……."

D의 미간이 좁아졌다. 빠르게 잇던 말을 멈추고 어떻게 설명해야 하는지 고민하는 모습이었다. 그는 텀

블러에 담긴 물을 한 모금 마신 뒤 말했다.

"있잖아요. 그, 좀 힘든 아이들."

은강은 물음표를 담아 D의 얼굴을 쳐다봤다.

"안 힘든 아이들이 있나요?"

은강이 묻자 D는 어깨를 한번 으쓱거리고는 탁자 위를 눈으로 훑었다.

"네, 맞아요. 안 힘든 아이들이 없죠. 그런데 여기서 힘들다는 건 어른이에요. 그 아이들을 두고 힘들어하는 어른이 있느냐, 없느냐의 차이죠."

D가 한결 차분해진 목소리로 대답했다.

"그럼, 어른들을 대상으로 하는 프로그램을 만들어야 하는 거 아닌가요?"

"그렇죠. 그래야 해요. 그런데, 그게 잘 안 돼요." D는 고개를 가로저었다. "거의 불가능하죠."

"어른들은 자신들에게선 문제를 찾으려 하지 않으니까요?"

은강의 말에 D가 고개를 들어 은강을 가만히 바라보았다. 은강은 그의 시선을 오래 견디지 못하고 얼굴을 돌렸다. 달라진 것은 없었다. 모든 게 전과 같았다. 하지만 은강은 자주 생각해야 했다. 여러 일 속에도 담담하게 지탱해 온 자신의 일상이 D를 만난 후로는 왜 이렇게 못 견딜 만한 것이 됐는지를.

은강의 남편은 아이가 세 살 때 집을 떠났다. 어느 날 문득 은강보다 더 슬픈 표정으로, 은강보다 더 어깨를 굽힌 자세로 집을 나섰고 돌아오지 않았다. 임신 중 은강에게서 발견된 갑상샘암이 완치되어 갈 즈음이었다. 예상하지 못한 일은 아니었다. 은강 역시 수없이 상상한 일이었다. 아이와 은강을 돌보는 그의 체중이 십 킬로 가까이 빠지는 것을, 머리카락이 눈에 띄게 줄어드는 것을, 무엇보다 은강을 바라보는 그의 눈빛이 캄캄해지는 것을 보며 은강은 서로의 곁을 떠나는 것만이 이 상황을 끝낼 유일한 답이라고 느꼈다. 그가 먼저였을 뿐이었다. 미치광이처럼 서로에게 끌리던 시절은 뒤로 물러났고 이제 서로가 서로에게 독이 될 뿐이라고, 그러니 당신이 악역을 맡아 달라고 은강이 그를 밀어낸 건지도 몰랐다. 하지만 그는 완전히 떠나지 않았다. 이따금 일정하진 않지만, 그로선 어렵게 마련했을 돈이 계좌로 입금되었고 발신자 표시가 제한된 번호로 전화가 걸려 왔다. 전화기를 귀에 대면 잠시 침묵이 흘렀다. 침묵 끝엔 미안하다는 말이 흘러나왔다. 그리곤 딸깍하고 끊겼다. 그를 간단하게 미워하지도 깨끗하게 잊지도 못하게 만드는 이기적인 전화였지만 은강은 피할 수 없었다. 은강의 선택지에 다른 건 없었다. 그저 일어나는 일들을 가만히 받아내는 것밖에는 없었다. 대체 무엇을 어떻게 바라야 하는 걸까. 알 수 없었다.

"당연히 협조해 드려야지. 요즘 청소년들 문제가 많잖아요."

카키색 정글 모자에 작업용 조끼를 입은 숲 관리인이 숲의 약도와 시설물에 대한 안내가 적힌 팸플릿을 건네주며 말했다.

"젊은 사람들이 아주 좋은 일 하시네."

소매 밖으로 드러난 남자의 그을린 팔은 배롱나무 수피처럼 단단해 보였다.

"뭘요. 해야 할 일을 할 뿐이죠."

D는 팸플릿을 건네받으며 겸연쩍으면서도 뿌듯한 기색을 보였다. D의 이런 모습을 볼 때마다 은강은 그의 갈증을 읽을 수 있었다. 술을 마시면 그는 꼬인 혀로 중얼거리곤 했다. "아무도 안 알아준다고요. 아무도

요." 기타 특기생으로 예술고등학교에 진학하려던 D는 어중간하게 잘하던 공부 탓에 부모의 반대에 부딪혀 인문계 고등학교에 들어갔다고 했다. 매일 같이 서로에 대한 적대감으로 집안의 공기를 팽팽히 긴장시키던 부모가 그의 진로에 있어서는 합심하는 모습이 마치 스릴러물의 한 장면 같았다고 D는 말했다. 결국 그는 수도권 소재의 대학에 들어갔지만, 졸업을 이 년 앞두고 자퇴했고, 한동안 방황하던 끝에 아는 선배를 따라 들어온 이 단체에 모든 에너지를 쏟고 있었다. 그가 살면서 스스로 내린 결정은 자퇴와 이 단체에 들어온 것이 유일했기에, 그는 이것이 옳음을, 자신이 틀리지 않았음을 끊임없이 증명하고 싶어 했다. 그 증명의 의지가, 채워지지 않는 인정 욕구가 그를 괴롭게 옭아맨다는 것을 그 역시 알고 있는 듯했지만, 그는 거기에서 벗어날 수 없었다. 이제는 그 채워지지 않는 공허함이 그의 연료인지도 몰랐다.

은강은 그와 달랐다. 숲에 관련한 일을 한다는 이유로 은강 역시 좋은 일 한다는 말을 들을 때가 있었는데 그럴 때마다 은강의 마음은 어둑해졌다. 이게 좋은 일일까. 세상에 좋지 않은 일이 얼마나 많으면 겨우 이게,

이 정도가 좋은 일이라는 평가를 받는 걸까. 대체 무엇이 사람들에게 그러한 판단을 불러일으키게 하는 건지 은강은 의아했고 동시에 이 세계가 조금 무서워지곤 했다.

"여긴 그래도 비 피해가 없었나 보네요."

주위를 둘러보던 D가 관리인에게 물었다.

"없긴요. 여기야 나무가 빽빽해서 그나마 버텼지만, 내가 저 아래 마을에 사는데, 거기는 아주 난리도 아니었어요. 계곡물은 밀려오지, 비는 안 그치지, 하천이 막 불어나서 마을 사람들이랑 흙 쌓고 둑 만드느라 엄청 고생했거든요. 그랬는데도 열댓 집에 물이 차서 거기 복구는 또 얼마나 힘들었다고요. 그때 내가 이렇게 다리를 다친 거예요, 이 다리를."

관리인은 허리를 숙여 바지 한쪽을 걷어 올렸다. 종아리 바깥쪽에 빨갛게 쓸린 상처가 있었고 발목에는 짙고 푸른 멍이 들어 있었다.

"치료를 받으셔야겠어요."

은강의 말에 관리인은 아유, 치료는 무슨, 하고 너털웃음을 지어 보였다.

"아무튼 한번 쭉 둘러보세요. 우리 숲이 사람들이

드나들 수 있게끔 조성된 지는 얼마 안 됐어도, 오래된 숲이라 아주 야생이 살아 숨 쉬어요. 오후엔 비가 그치긴 한다는데, 조심하시고."

D가 눈을 가늘게 뜨며 하늘을 올려다보았다. 은강도 D를 따라 고개를 들어 올렸다. 한결 옅어진 비구름이 서쪽으로 천천히 흘러가고 있었다.

울창한 숲에 들어서자 나무들이 빗방울을 제법 막아 주었다. 나무 위로 톡톡 빗방울 듣는 소리가 들려와 마치 커다란 우산 속에 들어와 있는 것 같은 기분이 들었다. 숲은 하나의 거대의 허파처럼 습기를 들이쉬고 내뱉고 있었다. 물기를 흠뻑 머금어 검게 번들거리는 나무줄기는 금방이라도 꿈틀거릴 듯했고 낙엽이 깔린 흙길은 걸음을 내디딜 때마다 흙내를 진하게 풍겼다.

"흙냄새가 좋네요. 숨만 쉬어도 치유가 되겠어요."

D가 가슴을 넓게 펴며 말했다.

"흙냄새, 사실 이거 균 냄새예요. 방선균이라고, 흙 속 유기물을 분해하는 세균 냄새."

"그건 굳이 알고 싶지 않은 사실인데요, 선생님."

"그래서 숲에 온 사람들에겐 이런 설명을 하진 않

아요. 아이러니죠. 사람들이 좋아하는 것일수록 자세히 알려 주지 않는 게 낫다는 것이. 오히려 잘 알지 못할 때 더 좋아할 수 있는 것 같아요."

"잘 알면요?"

갑자기 D가 걸음을 우뚝 멈추고 물었다.

"잘 알게 되면 좋아하던 감정이 없어지나요?"

은강은 대꾸할 말을 찾지 못해 D를 한번 돌아봤다가 레인코트의 모자를 푹 눌러쓰며 다시 앞을 향해 걸었다. 숲에서 미치광이풀을 발견하면 은강이 사람들에게 들려주는 얘기가 있었다. 옛날 유럽에서는 사랑 고백을 할 때 이 풀의 진액을 눈에 살짝 넣어서 동공을 크게 확장시켜 속마음까지 보여 주는 효과를 얻었다고. 하지만 신경 흥분 효과가 있는 독초이기 때문에 실제 그렇게 해서는 큰일 난다고. 은강은 마음속으로 그런 눈을 상상해 보곤 했다. 그런 눈이 은강의 등 뒤에 있었다. 시종일관 사랑을 구하는 눈동자가.

소나무 군락지를 지나자 완만한 평지를 둘러싸고 있는 잣나무 숲이 나타났다. 평지 한쪽에는 캠핑 데크 몇 개가 놓여 있었다.

"여기서 몇 가지 활동을 하면 되겠네요. 여느 산림 치유 프로그램과는 다른 활동이 필요할 것 같거든요. 이건 처음 해 보는 건데, 종이에 아무에게도 하지 못한 말을 적은 다음, 그 종이로 씨앗을 감싸서 숲속 깊숙한 곳에 묻어 보려고 해요. 그리고 물을 주는 거죠. 종이는 물에 젖으면 쉽게 분해되는 재생지로 하고요."

은강이 나뭇가지를 들고 숲 한쪽에 쪼그려 앉으며 말했다. 젖은 땅은 쉽게 파헤쳐졌다.

"나무가 내 이야기를 먹고 자라는 거군요. 선생님이라면 뭐라고 적으시겠어요?"

D가 은강 옆으로 다가서며 물었다.

"글쎄요. 생각 안 해 봤어요."

이렇게 말했지만, 땅속에 종이를 묻는 건 은강의 오랜 습관이었다. 어릴 적 자신의 일기를 엄마가 훔쳐본다는 걸 안 뒤로 은강은 일기를 쓰는 족족 동네 뒷산에 올라가 묻었다. 은강은 자신의 마음이 담긴 그것을 태워 버릴 수도, 찢어 버릴 수도 없었다. 무엇보다 쓰지 않을 수 없었다. 마음 놓고 자신을 터놓을 수 있는 곳은 종이뿐이었다. 종이는 은강의 마음에 대해 어떤 조롱도 무시도 하지 않았다. 하지만 비가 내리는 밤이면 이따금 악몽을 꾸었다. 빗물에 떠내려온 종이를 엄마가 주워 읽고 비웃음을 흘리는 꿈이었다.

"저는 적을 거 있는데."

은강은 나뭇가지로 땅을 파헤치던 걸 멈추고 D의 다음 말을 기다렸다. 잠시 침묵하던 D는 바닥에서 잣송이 하나를 주어 올리며 말했다.

"그 프로그램 진행할 때, 저도 끼워 주세요."

은강은 나뭇가지를 세게 움켜쥐었다. D는 손에 쥐고 있던 잣송이를 멀리 던졌다.

"다들 이 프로그램을 안 맡으려고 하시더라고요."

잣송이가 바닥에 툭 떨어지는 소리가 들려왔다.

"근데 선생님은 뵌 순간 맡아 주실 줄 알았어요."

은강도 처음부터 선뜻 나섰던 것은 아니었다. D가 은강에게 건네준 자료에는 프로그램에 참여할 아이들의 몇 가지 정보가 적혀 있었는데, 그 아이들은 과연 한 가지 단어, 그러니까 위기 청소년이라는 간단한 말로 압축될 수 있는 아이들이 아니었다. 너무 많이 먹는 아이가 있는가 하면 너무 적게 먹어서 문제가 되는 아이도 있었고, 집을 오랫동안 떠나 있던 아이가 있는가 하면 방에서 나오지 않는 아이도 있었다. 그 밖에도 친척에게 상습적인 추행을 당해 온 아이, 자해와 가해로 얼룩진 피부를 가진 아이, 여러 번 낙태를 경험한 아이도 있었다. 은강으로서는 아이들 각각이 마주하고 있는 현실이 쉽게 가늠되지 않았고 이 아이들이 과연 숲으로 치유될 수 있을지 회의부터 앞섰다. 그깟 숲에서의 며칠, 아이들에게 아무런 도움도 영향도 주지 못할 것이었다. 소용없다고 생각하자 오히려 마음이 편해졌다. 그런 단념의 힘으로 은강은 이 프로그램을 맡았다.

"감사해요. 맡아 주셔서."

"너무 기대는 하지 마요. 제 목표는 아이들이 숲에서 마음 편하게 있다가 가는 것뿐이에요."

"어려운 목표 잡으셨는걸요." D가 말했다. "하지만 선생님은 하실 수 있을 거예요."

은강은 그를 외면하듯 등을 돌려 일어난 뒤 지도를 펼쳤다.

"저쪽으로 가요."

은강은 좁고 호젓한 길 쪽으로 손을 뻗었다. D는 데크가 깔린 너른 길을 가리키며 물었다.

"이쪽이 아니고요?"

"거기는 안 돼요. 그런 길 말고 흙길로 코스를 잡으

려 해요. 걷는 느낌이 다르거든요."

약수터를 거쳐 암봉에 다다른 다음 사방댐을 지나는 길로 내려오면 대략 4km에 이르는 숲 체험 코스가 될 것 같았다. 오솔길 쪽으로 은강이 앞장서 걸었고 D가 뒤를 따랐다.

참나무 군락이 이어져 있는 길은 생각보다 가팔랐다. 올라갈수록 폭이 좁아졌고 이따금 길 쪽으로 뻗어 나온 나뭇가지들을 손으로 꺾으며 나아가야 했다. 숲 체험길 코스로 잡기는 어려울 듯했다. 하지만 은강은 돌아서지 않았다. 가끔 뒤를 돌아보면 D가 가쁜 숨을 몰아쉬는 게 보였다. 은강은 바위 위로는 발을 딛지 말라고, 미끄러질 수도 있다고 D에게 주의를 주었다.

"힘들어요?"

"조금요. 어제 술을 좀 마셨더니."

단체 사람들과 어울릴 때마다 은강은 D가 많은 양의 술을 마시는 것을 보았다. 사람들 대부분 술을 즐기는 분위기였지만 연거푸 잔을 비우고 채우는 D의 손길에는 자리가 끝나기 전에 충분한 알코올을 섭취해야 한다는 불안이 깃들어 있었다. 평소 잔뜩 긴장해 있던 몸을 그렇게밖에는 풀 수 없는 것처럼, 잃었던 감각을 되찾기 위한 것처럼 보였다. 술을 끊기 전까지 은강도 그랬다. 술을 마실수록 정신이 흐려지기는커녕 마비된 듯 굳어 있던 몸과 감정이 생생히 깨어났다. 은강은 술잔에 담긴 물을 홀짝이며 D의 잔에 채워졌다 비워지는 맑은 것들을 물끄러미 바라봤다. D는 뭐에 꽂힐 때면 사람들에게 그 주제에 대해 막 떠들다가도 어느새 보면 두 팔을 모아 탁자 위에 올려놓고 안주로 어질러진 한구석을 뚫어지게 응시하곤 했다. 하지만 은강에게 그런 것쯤은 하나도 괴롭지 않았다. 괴로운 것은 이따금 은강에게 드리워졌다가 후다닥 치워지는 그의 시선이었다. 은강은 종종 생각했다. 자신이 D의 시선을 오독하는 건지도 모른다고. 하지만 제대로 읽든 오독하든, 무슨 상관이란 말인가. 그러니까 D의 눈에 담긴 게 무엇이든 무슨 상관이란 말인가. 상관없다. 아무 상관 없다. 은강의 생각은 그렇게 조금 사나워지고 나서야 멈추곤 했다.

"좀 쉬었다 가요."

은강이 길 한쪽에 놓인 널찍한 바위로 앉으며 말했다. 은강은 D도 앉을 수 있도록 공간을 남겨 두고 바위에 걸터앉았지만, D는 조금 떨어져 있는 곳에 놓인 떡

갈나무 그루터기에 몸을 내려놓았다.

“애들이 이 길을 투덜거리지 않고 잘 오를지 모르겠네요.”

D가 손바닥으로 얼굴의 빗물을 훔치며 말했다.

“아무래도 이 길은 어렵겠어요.”

은강이 지나온 길을 굽어본 뒤 말했다.

“그럼 돌아갈까요?”

순간 반색하는 D의 얼굴을 은강은 알아보지 못한 척했다.

“이왕 올라온 거, 한번 둘러보고 가요. 아이들은 안 올라오더라도 우리는 대충 지리를 파악하고 있어야 하니까.”

얼마간 숨을 고른 뒤 그들은 다시 걷기 시작했다. 한동안 걸어 암봉 근처에 다다랐을 무렵 삽시간에 주위가 어두워지면서 머리 위로 뭔가 맞부딪치는 소리가 났다. 은강은 걸음을 멈추고 위로 올려다봤다. 이내 굵은 빗줄기가 숲을 뚫고 머리 위로 쏟아져 내렸다. 얼굴이 따가울 만큼 강한 빗줄기였다.

“괜찮을까요?”

D가 물었고 은강은 괜찮다고 대답한 뒤 걸음을 옮

졌다. 거센 빗방울로 흙바닥이 푹푹 패었고 이파리들은 쉴 새 없이 파르르 떨었다. 쏟아지는 빗소리에 귀가 먹먹해질 지경이었는데 일정한 밀도로 숲을 꽉 채우는 소란스러움은 곧 무겁고 두꺼운 정적처럼 여겨졌다.

"금방 지나가는 소나기가 아닌가 봐요."

뒤를 돌아보니 D가 길가에 서서 우비를 벗고 있었다. 허술한 우비 틈으로 빗물이 다 스며들어 더 입고 있을 필요가 없어진 듯했다. D는 벗은 우비를 두 손으로 한데 뭉쳐 바닥에 내려놓고는 주머니에서 꺼낸 휴대폰을 손에 쥐고 난감해했다.

"이리 줘요. 내 주머니 속은 괜찮을 거예요."

그는 순순히 은강에게 휴대폰을 건넸다. 은강은 레인 코트의 안주머니에 D의 휴대폰을 집어넣었다. 주머니의 단추를 잠그고 돌아서던 은강은 순간 균형을 잃으며 주저앉았다. 은강이 디디고 서 있던 길의 한쪽이 흙 반죽처럼 무너져 내린 탓이었다. 그 바람에 은강은 길가로 삐죽 튀어나와 있던 나뭇가지에 턱을 할퀴었다.

"괜찮아요?"

D가 재빨리 다가왔다. 은강은 턱에서 손을 떼며 몸을 일으켰다. 손에 피가 묻어 나왔다.

"괜찮아요. 괜찮아."

"아, 이거 안 괜찮은 것 같은데. 찢어진 거 같은데."

D가 당황한 듯 두 손을 은강의 턱 가까이 가져갔다가 거두길 반복했다.

"얼른 돌아가요. 안 되겠어요."

"지금 내려가는 건 더 위험할 것 같아요. 비가 잦아들길 기다렸다가 내려가요."

앞장서 내려가려는 D의 등에 대고 은강이 말했다. 주위를 둘러보던 은강은 관목 수풀 너머로 버려진 암자가 있는 걸 발견했다. 은강이 그쪽으로 향하자 잠시 머뭇거리던 D도 수풀 안쪽으로 발을 내디뎠다.

문과 창문이 떨어져 나가고 황토벽은 절반 이상 부서진 작은 암자였다. 서까래가 드러난 천장에서는 여기저기 빗물이 새고 있었지만, 마루에 앉아 비를 피할 수는 있었다. 은강과 D는 마루 끝에 걸터앉아 비 내리는 풍경을 바라보았다.

잡풀이 무성한 뜰 한쪽에는 작은 돌탑이 쌓여 있었다. 누군가 돌멩이로 하나하나 쌓아 올린 돌탑이었고,

층마다 이끼가 무성히 끼어 있었다. D가 은강의 시선을 좇아 그 돌탑을 바라보며 말했다.

“벽이 부서지는 와중에도 저 돌탑은 용케 버텼네요.”

“돌을 쌓으며 올린 기도의 힘 덕분 아닐까요.”

은강이 돌탑에서 눈을 떼지 않고 말을 이었다.

“여기 살던 사람은 어떤 기도를 올리며 저 돌탑을 쌓았을까요?”

글쎄요, 란 대답을 끝으로 한동안 말이 없던 D가 마루에서 일어나 돌탑 옆으로 걸어갔다. 그는 마당에 있던 돌멩이 하나를 주워 돌탑 위에 올려놓았다. 다시 마루에 돌아와 앉은 D에게 은강이 물었다.

“뭘 빌었어요?”

“말하면 선생님이 들어주실래요?”

D가 돌연 도전적인 눈빛으로 은강을 바라봤다. 은강은 자기도 모르게 시선을 피했다.

“아뇨, 내가 뭘.”

D는 무릎 위에 팔꿈치를 올려놓은 자세로 다시 앞만 쏘아보았다.

비는 잦아들 기미를 보이지 않았다. 거센 바람이 한 번씩 불 때마다 빗줄기로 짜인 하얀 레이스 커튼이 허공에 드리워지는 것 같았다. 은강은 그들 주위에 둘러쳐지는 하얀 커튼을 바라보며 그들을 유폐하고 있는 이 얇고 차가운 휘장이 좀 더 촘촘해지길 바랐다.

"망할 일기 예보."

D가 낮게 중얼거리더니 자리에서 일어났다.

"아무래도 안 되겠어요. 그냥 조심해서 내려가요. 가서 얼른 치료받아야죠."

은강은 턱 아래에 손을 대보았다. 손바닥에 분홍 핏물이 고였다. 점점 통증이 심해지고 있었지만, 통증의 강도가 그를 걱정시키고 있다는 만족감을 넘어서진 못했다. 은강은 초조해졌다. 조금만 더 이렇게 있고 싶었다. 아니, 조금 더 나아가고 싶었다. 여기서 상황이 좀 더 안 좋아진다면 어떻게 될까. 그때도 우리가 지금과 같을까.

하지만 은강은 원하는 걸 말할 수 없었다. 여기서 더 나아간 둘의 모습을 확인할 순 없었다. 보이진 않지만 견고한 무언가가 여느 때처럼 은강을 가로막았다. 잠시 주저하던 은강은 D를 따라 일어섰다. 마루 아래로 내려서는데, 멀지 않은 곳에서 땅이 쪼개지는 것 같은 굉음이 들려왔다. 은강과 D는 놀란 얼굴로 사방을 둘러보았다. 숲속 깊숙이 숨어있던 새들이 일제히 나뭇가지를 박차고 하늘 위로 날아올랐고 나뭇잎이 우수수 떨어졌다. 은강은 직감적으로 알 수 있었다. 이건 숲이 비를 토하는 소리였다. 숲이 터뜨리는 울음소리였다. 견디다 못해 자신을 무너뜨리는 소리였다.

"무슨 일인지 보고 올게요."

D가 말했다.

"조심해요."

은강이 비탈진 길 아래로 향하는 D에게 외쳤다.

"금방 올게요. 조금만 기다리세요."

다리에서 허리, 그리고 어깨와 머리까지 D의 모습이 차례로 시야에서 사라지자, 은강은 한기를 느꼈다. 아까 넘어질 때 레인코트의 모자가 벗겨지면서 상의에 빗물이 스며든 상태였다. 떨리는 몸을 두 손으로 쓸어 보았지만 소용없었다. 은강은 돌탑 쪽으로 시선을 돌렸다. 돌탑이 모두 무너져 있었다. 은강은 발치 가까이 굴러온 작은 돌멩이 하나를 주워 손안에서 굴려 보았다. 문득 돌탑에 깃든 기도가 무엇인지 알 것 같았다. 무언가를 바라는 기도가 아니었을 거라고, 무언가를 바라지 않게 해 달라는 기도였을 거라는 생각이 들었다. 그게 이 돌탑이 세월을 견딜 수 있었던 이유였을 거라고.

얼마간 시간이 흐르고 D가 다시 올라왔다.

"산사태가 난 거 같아요. 올라왔던 길이 무너졌어요." D가 마루 앞에 서서 한숨을 내쉬었다. "휴대폰 좀 주세요. 도움을 청해야겠어요."

은강은 마루에 앉아 D가 내민 손을 가만히 바라보기만 했다.

"선생님, 전화 좀요."

D가 한 걸음 다가서며 다시 말했다.

"네? 전화 좀 달라고요."

"아이가 가위로 고무나무 화분 이파리를 자른 적이 있어요."

아랫입술을 깨물며 앉아 있던 은강이 입을 열었다. D는 갑자기 무슨 말이냐는 표정으로 은강을 내려다봤다.

"왜 그랬냐고 채근하니까 아이가 울먹이면서, 자기는 안 그러고 싶었는데, 마음이 그랬다고 하더라고요. 자기는 하고 싶지 않았는데, 마음에 있는 스위치가 눌려서 그랬다고요."

은강은 팔꿈치를 감싸 쥐며 말을 이었다.

"엉뚱한 말 하지 말라고, 잎을 자르면 안 되는 거라고 아이를 혼내기만 했는데, 나중에 생각해 보니 아이의 말이 맞는 것 같았어요. 정말로 아이는 그러고 싶지 않았는데 마음이 제멋대로 굴었는지도 모르잖아요."

"알겠어요, 선생님. 아무튼 전화부터 좀 주세요. 네? 제가 꺼내요?"

D가 두 손으로 자기 머리카락을 흩뜨리며 은강에게 가까이 다가왔다. 은강은 D를 올려다봤다. D의 귓불과 턱, 손가락 끝에서 빗물이 뚝뚝 흘러내렸다. 아이의 목소리가 들리는 듯했다.

빗방울들이 미끄럼 타고 싶어서 그런가 봐.

내가 아니라, 내 마음이 그랬어.

은강은 그에게서 시선을 떼지 않고 천천히 입을 열었다.

"조금만 더 가까이 올래요?"

D의 동공이 한껏 커졌다.

곧이어 레인코트 속 은강의 몸이 젖었다.

어느 순간 비가 멎었다. 잠시 뒤 멀리서 숲 관리인

의 목소리가 들려왔다.

"야이, 저 사람들이 미쳤나 봐. 어쩌자고 거기까지 올라갔어요? 이 비가 쏟아지는데!"

그날 밤, 아이는 또다시 창문을 향해 앉아 두 손을 모았다.

"하느님, 오늘은 꼭 무서운 꿈 꾸지 않게 해주세요."

아이는 여전히 하느님이 기도를 들어주시리라 믿고 있었다. 복잡한 심경으로 아이를 바라보던 은강은 아이에게 말했다. 이미 믿기 시작했다면 불신은 천천히 겪어도 될 일이었다.

"민채야, 그런 기도는 하느님이 들어주시지 않아."

"그럼 어떤 기도를 들어주셔?"

"무서운 꿈을 꾸더라도 이겨 낼 힘과 용기를 달라고, 그렇게 빌어야 들어주셔."

고개를 기울이며 잠시 생각에 잠겨 있던 아이가 다시 손을 모으고 창 쪽으로 몸을 돌렸다.

"하느님, 무서운 꿈을 꾸더라도 이겨 낼 힘과 용기를 제게 주세요."

꼭 감은 아이의 긴 속눈썹이 파르르 떨렸다.

은강은 한참 동안 잠들지 못했다. 비구름이 걷히면서 깨끗하게 닦인 밤하늘엔 별이 몇 개 돋아 있었다. 잠든 아이의 머리맡에 앉아 창문 너머 별과 아이를 번갈아 바라보던 은강은 별 하나가 서쪽으로 사라진 후에야 아이의 곁에 누웠다. 이불 속으로 몸을 밀어 넣고 베개를 베자 머릿속에 지난밤 꾸었던 꿈이 떠올랐다. 깨어났을 때와 같은 곳에, 깨어났을 때와 같은 자세로 눕자 거짓말처럼 꿈의 내용이 생생히 되살아났다. 은강의 몸이 생생하게 되살아난 감정에 다시금 결박되었다. 은강은 자신도 모르는 새 끙끙 앓는 소리를 냈다.

"엄마, 왜 울어?"

흙탕물 같은 어둠을 뚫고 잠에서 깬 아이의 목소리가 들려왔다. 아이가 보드라운 손이 은강의 팔에 닿았다. 은강은 얼른 뺨을 훔치고 잠긴 목을 풀며 대답했다.

"엄마가 무서운 꿈을 꿨어."

"엄마는 무슨 꿈 꿨는데?"

"너무…… 무서운 꿈."

"그럼 엄마도 하느님께 기도드려. 힘과 용기를 달라고."

은강은 고개를 끄덕였다.

"얼른 해. 민채가 대신 해 줄까?"

은강은 힘주어 다시 고개를 끄덕였다.

"잠깐 나 쉬야 좀 하고."

아이는 화장실에 다녀온 뒤 창문을 향해 두 손을 모았다.

"하느님, 우리 엄마 마음에도 무서운 꿈을 이겨 낼 힘과 용기를 넣어 주세요. 빈 곳 없이 꽉꽉 채워 주세요."

아이가 기도를 마치고 말했다.

"이제 괜찮을 거야. 엄마. 나한테도 하느님이 힘과 용기를 주셨거든."

은강은 아이를 두 팔로 끌어안았다. 아이가 좀 살살 안으라며 몸을 비틀었다. 은강의 품에 편안한 자세로 자리를 잡은 아이는 코를 박고 엄마 냄새 좋다며 킁킁거렸다. 은강이 손으로 아이의 등을 쓸어내렸다. 은강의 손끝에 아이의 구슬 같은 등뼈가 만져졌다.

아이는 곧 잠들었다. 그러나 은강은 잠들지 못한 채 밤새 아이의 가늘고 긴 등뼈를 어루만졌다. 다른 데 가고 없는 텅 빈 아이의 몸을 묵주 돌리듯 헤아리며 남은 밤을 보냈다. 아무것도 바라지 않게 해 달라는 기도에 어울리는 말을 찾기 위해 손가락을 움직이고 또 움직였다.

구름 한 점 없는 밤이었다.

새들도 모두 안전한 곳에서 깊은 잠을 자는 밤이었다.

품필생(品必生)

*

어릴 적 나는 전자 요람에서 잠을 잤다. 전자 요람은 외국의 한 자동차 회사가 출시한 것으로 아이들이 자동차 안에서는 쉽게 잠든다는 점에 착안해 만든 제품이었다. 밤마다 나를 태우고 드라이브하는 데 지친 부모님은 망설인 끝에 그 요람을 구매했다. 가격이 부담스러웠지만, 자동차를 구입할 때만 제공되는 12개월 무이자 할부 혜택을 요람을 구입하는 고객에게도 제공한다는 소식에 결단을 내렸다.

부모님은 요람이 자사 자동차 엔진이 만들어 내는 진동과 소음을 그대로 구현한 점을 특히 맘에 들어 했다. 자동차 시동 버튼과 똑같이 생긴 요람의 전원 버튼을 누르면 시동 걸리는 소리와 함께 본체가 부르르 떨렸다. 매트리스에 장착된 모터는 좌회전과 우회전, 언덕길과 내리막길 등 여러 주행의 움직임을 재현할 수 있었다. 그뿐인가. 밤길 가로등 아래를 지나는 것 같은 느낌을 들도록 요람 테두리에는 깜박거리는 LED 등이 달려 있었고 저속과 고속 주행, 비 내리는 길과 눈 내리는 길 등 다양한 주행 모드를 선택할 수도 있었다. 아이로서는 차에 탔다고 믿지 않을 수 없을 만큼 몹시 섬세하게 만들어진 제품이었다.

나는 차에 탔을 때처럼 요람 안에서 잘 잤다. 부모님은 이제 나를 재우기 위해 밤거리를 헤매고 다니지 않아도 된다고, 큰돈이 들긴 했지만 기름과 시간을 아낄 수 있으니 훌륭한 선택이라고 흡족해했다. 요람 안에서 잠들어 있는 나를 굽어보는 부모님의 얼굴에는 비싼 값을 치른 만족감이 퍼져 나갔다.

그러나 요람은 출시된 지 육 개월 만에 단종됐다. 요람 안에서 자던 아이가 추락해서 장애를 입는 사고가 발생했기 때문이었다. 내 부모는 그 기사를 접한 며칠은 나를 전자 요람에 눕히지 않고 드라이브를 재개

했다. 그러나 얼마 못 가 그들은 지쳤고 결국 나를 다시 전자 요람 위에 눕혔다. 요람의 높이를 최저로 낮추고 주변에 푹신한 요를 잔뜩 깔아 놓으면 괜찮을 거라 믿으며. 그런 불행은 자기네들에게는 일어나지 않을 거라고 믿으며.

다행히 나는 무탈하게 자랐다. 더 이상 요람에 몸을 눕히기 어려울 만큼 크는 동안 아무 사고도 겪지 않았다. 요람의 아쉬운 점은 크기 조절이 되지 않는다는 것뿐이었다. 결국 나는 커다래진 몸을 억지로 요람 안에 비집어 넣다가 요람을 망가뜨리고 말았다. 진동 없이는 잘 수 없게 된 내 몸의 긴 불면의 역사가 시작되는 순간이었다. 그 후로 나는 미세 전류로 뇌를 자극해 잠들게 하는 수면 보조 장치와 릴렉싱을 유도하는 광 안경, 뒤척임 감지 센서가 내장된 수면 유도 베개 같은 것들을 사용해 겨우 잠들곤 했다. 그러나 차에 타서 이동할 때만큼 달게 잘 순 없었다.

요즘 내 주요 침실은 자율 주행 버스다. 사람이 운전하는 버스와 달리 자율 주행 버스는 급정거와 급출발을 하지 않아 안락했다. 좌석은 늘 여유 있었다. 자율 주행 버스가 안락을 담보하기는 해도 안전은 담보하지는 못하는 사고가 몇 번 일어나면서 이용객은 갈수록 줄어들었다. 그러거나 말거나 나는 버스 안에서 잘 잤다. 흔들리는 것 속에 몸이 담겨 있기만 하면 됐다. 나와 무관한 소음과 무관한 흔들림 속에서는 신경이 무뎌지면서 잠이 왔다. 때론 창문에 머리를 찧기도 하고, 척추에 무리가 될 때도 있었지만, 수면 부족의 고통에 비할 건 아니었다.

어릴 적 얘기를 더 해 보겠다. 태어난 지 이틀 만에 간호사로부터 젖 빠는 힘이 약하다는 평가를 받은 나는 어머니의 젖에 익숙해질 새 없이 무게와 온도와 기울기를 감지하는 센서가 달린 스마트 젖병을 물었다. 조금 더 커서는 전자동 가열 이유식 조리기와 전자레인지가 내놓는 음식으로 배를 채웠고, 조준이 완벽하다는 유아용 비데를 사용해서 속을 비웠다. 양치는 나노 이온 원리가 들어간 음파 전동 유아 칫솔로 했고, 콧물은 전동 콧물 흡입기로 빨아들였다. 심심할 때면 태블릿 기능이 있는 대화형 학습 로봇과 함께 놀았다. 버튼만 누르면 화면이 바뀌는 온갖 미디어 기기들을 가지고 놀면서 나는 잠 이외에는 특별히 부모님을 애먹이지 않는 순둥이로 자라날 수 있었다.

나만 특별히 제품의 혜택을 많이 누린 것은 아니었다. 내 또래의 아이들 대부분이 다양하고 실용적이며 디자인까지 좋은 제품의 도움을 받아 컸다. 많은 부모가 그랬고, 그렇지 않으면 본인만 멍청하게 육아하는 것 같은 기분에 휩싸이게 되었다고, 내 부모는 당시를 증언했다. 제품은 같은 용도라 하더라도 가격은 천차만별이었는데, 값비싼 제품들을 시리즈별로 시기별로 교체해 가며 사는 사람들도 일부 있었기 때문에, 내 부모는 자신들은 검소한 편에 속한다고 생각하며 구매를 이어 나갔다. 내가 이 모든 과거의 일들을 기억하고, 알고 있는 배경에도 제품이 일조한 바가 컸다. QHD 500만 화소의 이동형 홈캠으로 거의 하루도 빠짐없이 찍힌 내 어린 시절이 온라인 동영상 플랫폼에 고스란히 남아 있기 때문이었다.

*

올은 내 말을 듣고 깜짝 놀랐다. 어린 시절, 전자 제품의 과도한 사용은 몸에 안 좋은 거 아니냐고 했다.

"전자파도 엄청 나왔을 텐데."

"전자파의 피해가 지나치게 과장된 면이 있지."

물론 지금 나는 불면과 비염으로 고생하고 있긴 하다. 하지만 현대인이라면 흔히 가진 질병 중 하나일 뿐 전자파의 결과라고 보기는 어려웠다. 배를 타고 한 시간 정도 들어가야 하는 남해의 섬에 살았다는 올은 제품의 혜택을 많이 받고 자라지는 못한 듯했다. 나는 돌 때부터 사용했던 스마트폰을 올은 중학생이 돼서야 썼다니, 나는 오히려 올이 놀라웠다.

"날 봐. 이렇게 잘 자랐잖아. 넉넉한 제품의 케어를 받지 못한 사람들이 사회에 적응 못 하고 비뚤어진 경우가 있긴 해도, 나처럼 제품의 혜택을 받은 사람들은 그럭저럭 평범하게 사는 것만 봐도 그래."

말을 뱉고 나서야 올과 나를 비교했다는 걸 깨닫고 아차 싶었다. 다행히 올은 별다른 대꾸를 하지 않았다. 오른손 검지와 중지를 뺨에 갖다 댄 채 골똘히 생각에 잠겨 있을 뿐이었다. 별일이었다. 평소 같으면 내 논리의 허점을 파고들면서 나를 꼼짝 못 하게 했을 텐데.

아무튼 올이 평범하다고는 할 수 없었다. 종이책만 고집하며 늘 책으로 묵직한 큰 배낭을 멘 채 품이 넓고 발목까지 내려오는 긴치마를 입고 다녔는데, 의자에 앉을 때면 어김없이 오른쪽 발목을 왼쪽 무릎 위에 올려놓는 자세를 취했다. 깐깐한 교수에게 강의 듣는 자세를 지적받은 적도 있었지만 그때뿐이었다. 술자리에서도 올은 그 자세로 손에 든 잔을 내려놓는 법 없이 마시고 또 마셨다. 조그맣고 마른 몸에 그 술이 다 어디로 들어가냐고 주위에서 감탄하면, 올은 한 손을 가슴에 얹으며 여기 이 마음 안으로 들어가고 있다고 말했다. 사진만 잘 나오도록 성형해서 실물은 희한한 얼굴들 사이에서 올의 얼굴은 밋밋하고 심심한 특징을 지녀 단연 돋보였다. 자연스레 올에겐 '반가주(酒)유상' 이라는 별명이 붙었다.

하지만 올의 독특함은 자세보다 말에 있었다. '자기 잘난 맛에 사는' 선배가 술자리에 여친을 데려와 그녀의 미모와 배경에 대해 자랑을 늘어놓을 때였다. 아나운서 지망생이라는 선배의 여친은 AI 아나운서와의 경쟁에서 밀리지 않기 위해 연습한 것인지, 줄곧 증명사진을 찍고 있는 듯한 표정을 짓고 있었고, 사람들은 오늘 술값은 선배가 내겠지 싶어 한마디씩 칭찬을 거들고 있었다. 목소리도 얼굴처럼 좋다는 둥, 곧 뉴스에서 뵙는 거 아니냐는 둥. 그러나 올은 평소와 달리 술도 별로 마시지 않고 곰곰이 생각에 잠긴 얼굴로 앉아 있다가 선배에게 물었다.

"그래서 좋은 거 말고, 그럼에도 불구하고, 좋은 건 없어요?"

"그게 무슨 말이야?"

"그런 좋은 조건을 갖고 있으면 누구라도 좋아하겠죠. 그럼에도 불구하고 좋은 것, 남들이 뭐라 해도 좋은 것. 그런 게 있어야 사랑 아니겠어요? 그런 건 없냐고요?"

"야, 왜 그래?"

옆에서 말려도 올은 보석을 좋아하는 걸 사랑이라고 할 수는 없다고, 객관적으로 좋아할 만한 게 없어도 좋은 것, 그런 게 사랑 아니겠냐며 계속 따졌다. 그 와중에도 선배 여친의 표정에는 하나 흐트러짐이 없었다. 선배는 그새 술에 취했는지 잔뜩 꼬인 발음으로 올에게 말했다.

"갑자기 웬 사랑? 그러고 보니 너 은근히 순진하고 귀엽다?"

그러면서 손가락을 뻗었는데 올이 잽싸게 얼굴을 피하지 않았다면 올의 볼을 쿡 찔렀을 게 틀림없었다.

내내 도도한 웃음을 짓고 있던 선배의 여친이 그 모습을 보고 자리를 박차고 일어났다. 뒤늦게 자신이 무슨 말을 뱉었는지 깨달은 선배도 당황하며 여친 뒤를 쫓아 나갔다. 결국, 그날 술값은 갹출했고 모두 올을 향한 은근한 원망을 드러냈다.

"뜬금없는 사랑 타령이라니."

"혼자 딴 세상 사는 거 같아."

올의 걸음걸이도 사람들의 입에 오르내렸다.

"걔 걷는 것도 이상하지 않냐?"

"길에 있는 개미라도 밟을까 봐 조심하며 걷는 것 같아."

"아냐, 오히려 발로 벌레를 눌러 죽이는 것처럼 걷던데?"

뭐랄까. 내 눈에는 올의 걸음걸이가 발을 바닥에 내려놓고 디디고 떼는 과정 하나하나를 의식하는 것처럼 보였다. 걷는 것에 온 정신을 집중한 걸음. 치마가 펄럭이도록 보폭은 시원스레 넓었고 그다지 느린 속도도 아니었지만, 올이 걷는 것을 보고 있으면 걸음이라는 간단하고 무의식적인 동작에 저렇게 여러 단계들이 있었나, 하는 생각이 들 정도였다. 그 단계들은 서로

독립적이면서도 부드러운 하나로 연결되었다.

어느 날은 '속말을 내뱉지 않고는 직성이 풀리지 않는' 동기가 강의를 듣고 나오는 올에게 물었다.

"너 걸음걸이가 묘하게 이상하다?"

그렇다고 뭐가 이상하다고 딱 꼬집어 말하기는 어려운 걸음걸이였기에 나는 올이 뭐가 이상하냐고 대꾸할 줄 알았다. 그러나 올은 "땅을 느끼면서 걷고 있는 거예요. 내가 디디고 있는 땅을."하고 대답했다. 마치 그 질문을 기다렸다는 듯 활짝 웃으며.

"……어, 그래……. 많이 느껴라, 땅."

할 말 안 하고는 못 배기는 동기가 말문이 막혀 입을 다무는 걸 나는 그때 처음 보았다.

*

올과 둘이서만 얘기하게 된 것은 봄 학기가 끝나갈 무렵이었다. 동아리 뒤풀이 1차가 끝나고 술집 앞에 남은 몇몇이 한 잔 더 할까 말까 서로의 눈치를 살폈지만, 결국 흐지부지돼 버린 날이었다. 뒤풀이 문화가 전과 같지 않았다. 취기 속에서 이뤄지는 풍요로운 경험보다 피로하지 않은 생활이 더 중요한 멤버들은 갈수록 늘어났다. '자기 말이 늘 옳다고 믿는' 선배는 작년에 졸업하면서, 명색이 '삶의 가치를 모색하는 대안 경제 학술 동아리'에서 뒤풀이 자리에서 이뤄지는 대화는 세미나 이상으로 중요한 것이라고 거듭 강조했었다. 그랬다. 좀 이상한 동아리였다. 세미나에서는 경제학 용어보다 현존과 회복, 예속과 현혹과 같은 단어들이 더 많이 오고 갔다. 사실 나는 대안이나 경제 같은 것엔 관심이 없었고, 이 동아리에서 개최한 무지출 챌린지에 참여했다가 얼떨결에 가입하게 되었다. 통장 잔고가 바닥을 보였기 때문이었다. 부모님의 경제적 지원도 끊어진 마당이었다. 구입하라, 그러면 삶이 윤택해질 것이라는 시장의 선전에 고이고이 순종하던 부모님은 매끄러운 생활을 누리다가 잔액 없음과 신용 불량의 상태로 미끄러져 들어갔다. 아버지는 얼마 전 실직까지 한 상태였다. 회사가 현장 관리의 대부분을 지능형 CCTV로 대체하면서 벌어진 일이었다.

세미나는 구실일 뿐 동아리의 진짜 목적은 술 마시는 데 있는 것 같았다. 그 점은 마음이 들었다. 술을 진탕 마시면 버스에 타지 않고도 잠들 수 있었기 때문이었다. 그러나 초기 멤버들이 졸업하고 신입생들이 들어오면서 뒤풀이 분위기가 시들해지고 있었다. 어쨌든 시대의 흐름이란 게 있고 사람은 적응의 동물이니 신입 탓만 할 수도 없었다. '내일이 없는 것처럼 사는' 동기도 그날은 마무리해야 할 과제가 있다며 일찍 들어갔다. 나는 하는 수 없이 이어폰을 귀에 꽂고 집으로 발길을 돌렸다. 그런데 잠시 뒤 누군가 내 귀에서 이어폰을 잡아 뺐다.

"선배, 같이 가자니까요."

어느새 가까이 다가온 올이 말했다.

"어디 가는데?"

"집이요."

한 학기가 지나도록 올과 같은 방향으로 간 적이 없었다. 집이 어디냐고 묻자, 올은 손가락을 들어 공중 어딘가를 가리키며 저기요, 라고 했다. 어디라는 건지 알 수 없었지만, 그다지 궁금한 것도 아니었기에 더 묻지 않았다. 올은 나와 발걸음을 맞추며 걸었다.

"선배, 우리 동아리 말이에요. 돌아이들만 모인 거 같지 않아요?"

그렇다 하더라도 그게 올이 할 말은 아니었다.

"그중 네가 가장 독보적이란 생각은 안 하니?"

"오호. 진짜요?"

올의 즐거워하는 반응에 어이가 없었다. 늘 예상을 빗나간다는 점에서 예상대로였다.

"돌아이 좋잖아요. 다들 너무 제정신으로 사니까 세상이 날카롭고 딱딱해지는 거예요. 그러니까 약간 정신을 놓은 사람들이 세상을 부드럽고 살맛 나게 하는 건데."

"참신한 돌아이 간증이구나."

내 말에 올은 눈동자를 위로 굴리며 혀를 쑥 내밀었다.

"근데 선배 집 되게 머네요."

오르막에 들어서자, 술을 마셔도 멀쩡하던 올이 얼굴이 빨개져서 말했다. 학교에서 집까진 버스로 다섯 정거장은 가야 하는 거리였지만 나는 걸어 다니고 있었다. 수면이 아닌 교통을 목적으로 버스에 돈을 쓰긴 아까웠다.

"요 고개만 넘어가면 돼. 근데 너야말로 집이 어디라는 거야?"

올은 대답하지 않고 잠시 망설이다가 말했다.

"선배, 저 오늘 선배네 집에서 자고 가도 돼요?"

"뭐?"

"차비가 없거든요. 알바비는 내일 들어오고요. 하루만 재워 줘요."

"차비 빌려줄게."

"안 돼요. 없으면 없는 대로 사는 게 제 신조거든요. 안 된다면 그냥 집까지 걸어가야죠, 뭐. 꼬박 2시간은 걸어야겠지만."

올은 어쩔 수 없다는 듯 어깨를 으쓱 올리며 한숨을 내쉬었다. 올이 아닌 다른 여자가 내 방에서 자고 간다고 했다면 다른 뜻으로 읽었을지도 몰랐다. 그러면 적극적으로 허락하거나 확실히 거절하거나 둘 중 하나로 태도를 정리할 수 있었을 것이었다. 그러나 올의 말은 있는 그대로의 의미로 다가왔다. 대충 하루 잘 곳이 필요한가 보다 싶었다. 까짓것 하루 못 재워 줄 것도 없었다.

올과 함께 옥상으로 올라가는 녹슨 철제 계단 위로 올라서자 삐걱삐걱 소리가 크게 울렸다. 집에 누군가를 데려온 건 처음이었다. 내가 사는 옥탑방에는 화장실이 없었다. 욕실은 있지만, 변기가 없어 볼 일은 1층

상가 화장실에서 해결해야 했다. 이 점이 고민스러웠지만 월세가 주변에 비해 저렴했다. 어차피 잠만 잘 곳이었다. 아니, 잠도 버스에서 자는 날이 많았다.

"와아, 집 좋다."

계단을 다 올라온 올이 외쳤다.

"이런 몰골의 집이? 취향 하나는 정말 독특하구나."

"이렇게 멋진 거실이 있잖아요."

올이 옥상에 놓인 평상을 가리키며 말했다.

"서울에 사니까 하늘 보기가 어렵더라고요. 사방이 늘 건물로 막혀 있어서 답답한데, 이런데 살면 가슴이 탁 트이겠어요."

올은 평상에 앉은 채로 두 팔을 날개처럼 펼쳤다. 그리곤 손끝을 섬세히 움직였는데 마치 공기 중에 흐르는 전파를 감각하는 것처럼 보였다. 옥상 가장자리에 삐죽하게 솟아오른 고물 안테나를 배경으로 그러고 있으니 꼭 누군가와 교신하고 있는 것처럼 보이기도 했다. 올이라면 정말 가능할 것도 같았다. 문득 사방이 고요하게 느껴졌다. 나는 옥탑방 문을 열며 말했다.

"그만하고 들어와."

나는 침대 위를 점령한 여러 수면 기기들을 한쪽으

로 치우고 바닥에 담요를 깔았다.

"뭐가 이렇게 많아요?"

"잠들려면 필요한 것이야. 잠드는 게 내 지상 최대 과제거든."

"신기하네요. 잠자는 것만큼 쉬운 일이 어디 있다고."

올은 침대를 내주겠다는 내 배려를 마다하고 바닥에 눕겠다고 했다. 나로서는 올의 고집을 꺾을 수 없었다.

"저는 아무 데서나 잘 자서 괜찮아요. 어릴 때부터 바닥에서 자서 침대보다 여기가 편하고요."

올은 가디건을 둘둘 말아 머리에 베고 담요 위에 누웠다. 모든 행동이 자기 방에서 자는 것처럼 자연스러웠다. 그런 올을 보자 출생지보다 중요한 건 잠자리라는 생각이 들었다. 어디에서 어떻게 잠들었느냐가 그 사람의 성향과 성격, 기질을 좌우하는 건지도 몰랐다. 갑자기 나는 올에게 아무 데서나 잘 자서 좋겠다고 아니꼽게 굴고 싶어졌다. 올에게 내 불면에 대한 울분을 토하고도 싶어졌다. 뜬금없이 격해지는 감정을 꾹 누르며 침대에 털썩 누웠다.

"그래, 잘 자라."

불을 끄려고 스탠드가 있는 쪽으로 고개를 돌리는데, 어느새 옆으로 자세를 고쳐 누운 올과 눈이 마주쳤다. 희미한 어둠 속에서도 올의 눈동자에선 빛이 났다. 갑자기 술이 확 깼다. 그러는 바람에 자세가 복잡하게 꼬였다. 다시 얼굴을 돌려 천장을 바라보자니, 있지도 않은 감정을 숨기고 있다는 오해를 살 것 같았고, 그대로 마주 보고 있기에는 어색해서 팔다리를 좌우로 움직이며 허둥댔다.

"선배, 편하게 자요."

누가 집주인인지 모를 말이었다. 아침에 나갈 아르바이트를 생각하니 몸이 노곤하긴 했다. 요즘 같은 알바 난에 힘들게 구한 자리였다. 옥탑방 바로 옆 건물에 샌드위치 가게가 있었다. 사장은 내가 가까운 곳에 산다는 이유로 나를 채용했다. 그리고 지각과 결근은 용납할 수 없는 일이라고 강조했다. 내가 하는 일은 화면에 뜬 주문서에 따라 빵과 소시지와 채소와 소스를 조립하고 종이 포장지로 싸서 손님 쪽으로 뚫린 구멍에 내미는 것이었다. 주문 접수과 계산은 키오스크가 하니 손님을 상대할 일은 없었지만, 아침 식사를 해결하려는 사람들이 몰릴 시간이라 정신없이 손을 움직여야 했다. 재량이나 판단 따위는 속도를 더디게 할 뿐, 거의 멍한 상태로 일하는 게 도움이 됐다. 아침 알바로는 더없이 좋았다. 사장은 초기 자본금을 덜 들이려고 사람을 쓰고 있지만, 돈을 더 벌면 알바생을 몽땅 자동화 시스템으로 바꿔 버릴 거라고 했다. 나는 다른 건 몰라도 기계가 이 일을 한다면 그 거친 쇠주먹이 빵을 뭉개 버릴 거라고 여기며 포장 단계에 자부심을 갖고 임했다.

그새 잠이 든 건지 올의 숨소리가 조용히 낮아졌다. 그러나 나는 시간이 갈수록 정신이 말똥해졌다. 이어폰을 꺼내 ASMR을 들었지만, 내성이 생겼는지 이젠 아무런 효과가 느껴지지 않았다. 이러다가는 또 밤새 한숨도 못 잘 수 있었다. 안 되겠다 싶어 자리에서 일어났다. 아직 심야버스가 다닐 시간이었다. 현관으로 다가가 조용히 신발을 신으려는 찰나 올의 목소리가 내 뒷덜미를 잡았다.

"선배, 잠 안 와요?"

뒤를 돌아보니 올이 상체를 일으켜 앉아 있었다. 나는 몰래 탈출하려다 걸린 사람처럼 당황했다.

"깼어?"

"내가 재워 줄까요?"

올은 내 대답은 중요하지 않다는 듯 침대 옆의 스탠드를 켜고는 머리맡에 두었던 자신의 가방에서 책 한 권을 꺼내 들었다.

"누워 봐요."

올은 침대 곁에 앉은 채 손바닥으로 매트리스를 두드렸다. 나는 잠시 망설였다. 올이 연하게 웃으며 다시 손바닥으로 침대를 두드렸고 나는 잠시 쭈뼛거리다가 신발을 벗고 침대로 향했다. 지금도 그때를 생각하면 왜 그랬는지 모르겠다. 올의 말과 태도에서 거절할 수 없는 힘을 느꼈던 거 같다. 하라는 대로 하고 싶은 순종의 묘한 쾌감을 느끼고 싶었던 것도 같다.

"뭐, 뭐 하려고?"

내가 침대에 눕자, 올은 책을 펼쳐서 읽기 시작했다. 어린아이 재우듯 책을 읽어 줄 셈인가 싶었다. 그러나 귀에 들리는 것은 낯설고 이상한 소리였다.

"가는겠있 수 을놓 다겨옮 로으안 원정 기자 을상세이 가사원정 만지하. 다하능가 은일 는우세 를나하 원정 무나대 에상세. 지겠되 게알 면러그. 라아보해 디어."

그건 한 번도 들어 보지 못한 이국의 언어였다. 내가 모르는 외국어인가 싶었지만, 아니었다. 그 책은 한글로 쓰인 것이었고, 올은 다만 문장을 오른쪽에서 왼쪽으로 읽어 가는 거였다. '라리으있 수 날어벗'은 '벗어날 수 있으리라'를 읽는 것이었다. 그렇게 읽어 나가기 쉽지 않을 텐데도 올은 나직한 목소리로 부드러운 리듬을 타며 책을 읽어 내려갔다. 거꾸로 읽었을 뿐인데 한글이 전혀 다른 음운을 가진 낯선 말처럼 느껴졌다. 올의 목소리가 이렇게 좋았나. 올의 목소리는 피부를 타고 흐르는 듯했다. 차츰 몸이 잔잔한 바다 위에 떠 있는 것은 기분이 들었다. 올의 낭독이 따뜻한 물처럼 몸을 스쳤고 내 몸은 물결에 따라 일렁였다. 순조로운 항해였고, 어디로 가든 상관없을 것 같은 항해였다. 그곳이 어디든 도착하면 돌아오지 않고 싶다고, 이런 언어를 쓰는 나라에서 태어났다면 불면하지 않았을 거라는 생각이 두서없이 떠올랐다. 의식이 차츰 희미해졌다. 그런 나라는 없다, 그러나 이 언어를 쓰는 사람은 있다……. 망망대해 위에서 등대를 발견한 것처럼 그 생각을 좇아가다가 잠이 들었다.

눈을 떴을 땐 이미 샌드위치 만드는 일을 마치고도

남았을 시간이었다. 큰일났다는 생각도 잠시, 모처럼의 숙면에 몸이 날아갈 듯 개운했다. 올은 가고 없었다. 어젯밤의 일이 꿈처럼 느껴졌지만, 바닥에 올이 반듯하게 개어 놓은 담요와 그 위에 올려놓은 책이 보였다. 유리알 유희, 제목도 이상한 책이었다. 곧 더는 나오지 말라는 사장의 전화를 받았지만 이렇게 날아갈 것 같은 몸으로는 뭐든 할 수 있을 것 같았다.

*

올이 재워 주는 잠은 버스에서 자는 잠과 비교할 수 없이 달고 깊었다. 밤마다 올이 떠올랐다. 잠을 자기 위해 거꾸로 문장을 읽는 올의 낭독을 녹음해 들어 보기도 했다. 그러나 이어폰에서 나오는 소리로는 잠이 오지 않았다. 전기 신호를 증폭해서 나온 소리는 이상하고 거슬리는 주문처럼 들릴 뿐이었다. 그러니까 그런 게 필요했다. 기계를 통하지 않고 나오는 소리, 기계를 통하지 않은 진동, 의미와 정보를 담지 않은, 축축하게 젖은 목과 혀를 통해 나오는 올의 음성이 필요했다. 나는 올에게 내 방에서 자고 가라고 자주 졸랐다. 그럴 때마다 올은 와서 책을 읽어 줬다. '재밌는 건 못 참는' 후배가 올과 내가 동거한다는 소문을 퍼뜨렸다.

올과 나는 우리의 거실에 돗자리를 펴고 맥주를 마시면서 휴대용 버너에 치즈나 떡 같은 걸 구워 먹었다. 올은 빈 화분을 주워 와 옥상 한쪽에 상추와 토마토 모종을 심었다. 돗자리에 누워 하늘을 올려다보거나 초록 이파리들이 야금야금 자라는 모습을 오래 바라보면서 나는 처음으로 세상과 빈틈없이 손깍지를 낀 듯한 느낌을 받았다. 어찌나 생생한 느낌인지 때론 그것이 고통스럽게 느껴질 정도였다. 그렇다고 이전으로 돌아가고 싶지는 않았다. 올과 만날 때는 돈이 없어도 초조하지 않았고, 뭔가를 사지 않아도 허전하지 않았다.

"내가 왜 좋아?"

그렇게 평상에 누워 있던 어느 저녁 내가 물었다. 묻자마자 아차 싶긴 했다.

"그럼에도 불구하고 좋은 이유, 잔뜩 늘어놓을 수 있는데, 얘기해 줄까? 감당할 수 있겠어?"

나무 꼬치에 떡을 꽂던 올이 짓궂은 미소를 띠며 대답했다.

"아니, 아니. 괜찮아."

올의 취향이 독특하다는 것은 누구보다 내가 잘 알고 있었다.

"어쨌든 좋긴 좋은 거잖아."

"응. 좋아. 많이 좋아."

한 점 군더더기 없는 올의 대답은 들어도 들어도 또 듣고 싶었다.

술이 오르면 우리는 체조를 했다. 올의 팔과 다리는 허공에 아름다운 곡선을 그렸다. 뻣뻣한 내 몸은 올의 동작을 아무리 따라 하려고 해도 우스꽝스러워지기만 했다. 일어서서 허리를 숙여도 손가락이 바닥에 닿지 않아 낑낑대는 나를 보고 올은 웃었다. 올과 함께 있을 때면 나는 엉성해지고 우스워질 용기가 생겨났다. 나는 더 열심히 팔과 다리를 움직였다. 올의 웃음소리가 바람에 실려 날아갔다. 하늘을 향해 팔을 휘젓는 우리의 모습이 구조를 기다리는 조난자와 닮았다고 생각하면서도 아무도 우리를 발견하지 않았으면 싶었다.

*

우리가 헤어진 건 그로부터 두 계절이 흐른 뒤였다.

나는 졸업을 앞두고 있었다. 틈틈이 뛰던 배달 알바를 줄이고 본격적으로 취업 활동에 뛰어들었다. 고르고 골라 이력서를 내다가 나중에는 닥치는 대로 이력서를 내고 면접을 봤다. 이 시기쯤 다들 하는 일인데 왜 이렇게 비참하게 느껴지는 건지 알 수 없었다. 이력서에 나를 포장하는 말들을 적고 면접장에 전시되어 있다가 돌아오는 일을 겪을수록 내가 하자가 많은 제품처럼 여겨졌다. 나는 더 올을 원했다. 올의 목소리를 듣고 위안을 받고 싶었고, 올이 재워 주는 잠 속으로 도망가 현실이 내게 다가오지 못하게 만들고 싶었다. 올이 나를 재워 주지 못하는 날에는 어김없이 다투게 됐다. 그즈음 책 만드는 일을 하고 싶다며 출판 아카데미에 등록한 올은 바빴다.

"이젠 평일에는 못 올 거 같아."

청천벽력 같은 소리였다.

"그럼 나는 어떻게 자라고?"

지금도 생각난다. 내 말에 순간 커다래지던 올의 눈동자. 그러다 곧 썰물처럼 뭔가가 빠져나가는 듯 텅 비어 버리던 눈동자. 그때는 대수롭지 않게 넘겼던 그 캄캄한 눈빛이 이제 와 선명히 기억난다.

그로부터 얼마 지나지 않은 날이었다. 그날은 면접 당일에 탈락 통보를 받았다. 고민할 필요도 없다는 뜻이었다.

오늘은 와 주면 안 돼?

집에 돌아와 넥타이를 벗어 던진 뒤 올에게 문자를 보냈다. 그날은 도저히 올 없이 잠들 수 있을 것 같지 않았다. 정신적으로도 신체적으로도 너무 피곤했지만, 그럴수록 잠은 더 멀어졌다.

미안, 오늘은 스터디가 있어서 안 되겠어.

올에게 답문이 왔다. 버스를 탈까, 하다가 생각을 바꿔 술을 마시기로 했다. 받은 면접비에서 교통비를 제하고 남은 돈으로 소주를 샀다. 안주는 사지 않았다. 안주를 사느니 술을 한 병 더 사는 걸 택했다. 편의점 계산대 옆에 청포도 사탕이 있길래 그건 하나 사서 입에 물고 술을 마셨다. 한 잔, 두 잔, 술이 들어가자 원하는 취기 대신 올을 향한 원망만 올라왔다. 잘 알면서, 네가 없으면 못 자고 힘들어한다는 거 알면서 어떻게 이럴 수 있지?

올에게 전화를 걸었다. 기억이란 참 간사하다. 내가 올에게 퍼부은 말들은 기억나지 않고 올이 내게 한 말들만 또렷이 남았다.

“선배는 나를 뭐로 생각하는 거야?”

“내가 선배 재워 주는 요람이라도 되는 줄 알아?”

“나는 물건이 아니야. 선배가 필요할 때마다 갖다 쓰는 그런 물건이 아니라고.”

*

옥상 한쪽에 놓아둔 상추는 계속해서 잎을 피워 올렸다. 방울토마토 가지마다 빨간 열매가 열렸다. 뒤늦게 올을 붙잡으려고 했지만 소용없었다. 됐다고, 너 따위 필요 없다고, 꺼지라고 말한 건 나였다. 그 뒤로 올을 다시 볼 수 없었다. 나는 토마토 한 알을 따서 통째로 목구멍에 밀어 넣으며 울음이 터져 나오려는 걸 막았다. 버스에 타도 잠에 들지 않았다. 눈에 철사가 박힌 것처럼 아팠다.

알고리즘은 적절한 시기, 내게 맞춤한 광고를 띄워 주었다. 진동 매트리스 광고였다. 청각 주파수를 진동 주파수로 변화시켜 감각을 안정화시키는 매트리스가 개발되었다고 했다. 광고 속 배우는 말했다. “누구든

이 매트리스 위에 누우면 아이가 된 기분을 느끼실 겁니다." 제품의 별칭은 성인용 바운서였다.

그걸 사기 위해 팔 수 있는 걸 모두 팔았다. 각종 수면 유도 기기들은 물론 골전도 헤드폰과 3D 게임기, 항필터 공기 청정기와 가습기, 블루투스 스피커와 부착형 안마기를 팔았다. 팔리지 않는 온열 안대, 외장하드, 스탠드는 학교 사람들에게 강매했다. 동기 한 명이 메신저를 통해 내게 돈이 필요한 이유를 물었다. 내 답을 들은 동기가 말했다.

미쳤구나.

이건 내 생필품이야.

생필품?

동기가 어이없다는 듯 되물었다.

그래, 생필품.

동기에게선 더 메시지가 없었고 나는 더 팔 것이 없나 살폈다. 책장에 꽂힌 책들 중에 팔 만한 것들을 추렸다. 유리알 유희, 올이 내게 처음으로 읽어 주었던 책이었다. 그 책을 꺼내 펼치자 밑줄 쳐진 문장이 눈에 들어왔다.

"어디 해 보아라. 그러면 알게 되겠지. 세상에 대나무

정원 하나를 세우는 일은 가능하다. 하지만 정원사가 이 세상을 자기 정원 안으로 옮겨다 놓을 수 있겠는가."[1]

나는 문득 동기의 메시지 창을 열고 내가 보낸 마지막 메시지를 거꾸로 읽어 보았다.

*

열린 문틈으로 녹슬고 구부러진 안테나가 시야에 들어왔다. 쏟아지는 햇빛에 눈이 시렸고 안테나 주변으로 어떤 파(波)들이 어른거리는 게 보였다. 품필생, 물건이 필요한 생? 이해할 것도 말 것도 없었다. 그 단어는 내 이해를 구하지 않았다. 내 쪽에서도 감당할 수 없는 이해는 하고 싶지 않았다. 문밖을 나서 옥상 난간으로 향했다. 안테나 주변의 어른거리는 무언가가 나를 끌어당기는 것 같았다. 이미 오래전 기능을 잃은 안테나였음에도 뭔가를 수신하는 것처럼 보였다. 여전히 부지런히 뭔가를 수신하고 있으나 수신처를 찾지 못해 난감한 것만 같았다. 안테나 주변의 어른거리는 것들을 향해 나도 모르게 손을 뻗었다. 뾰족한 안테나

1 헤르만 헤세, 진형준 역, 『유리알 유희』, 살림, 2023, 83쪽.

끝에 손이 닿는 순간이었다. 찌릿한 무언가가 몸을 관통했다. 머리가 쾅 울리며 무릎이 꺾였다.

눈을 떴을 때 앞에 보이는 것은 까만 밤하늘에 뜬 보름달이었다. 평소에는 보기 힘든 별도 몇 개 빛나고 있었다. 아래층과 골목 사이에서 사람들의 어수선한 소리가 들렸지만, 몸을 일으키고 싶은 생각은 들지 않았다. 건물이 쿵쿵 울려도 나와는 무관한 일로 여겨졌다. 구름이 달 근처를 오가며 사방이 어둑해졌다가 환해지길 반복했다. 문득 쿵쿵 울리는 소리가 작아지고 규칙적으로 변하더니 등으로 진동이 전해졌다. 드르륵, 드르륵, 옥상 바닥 전체가 잘게 흔들리고 있었다. 바닥에 드러누워 그 진동을 감각하고 있자니 차츰 졸음이 밀려왔다. 세계 전체가 요람처럼 흔들리는 것 같았다. 세계가 변한 걸까. 아니면 내 몸이 달라진 걸까. 나른함과 두려움이 동시에 엄습하면서 눈꺼풀이 무거워졌다. 난생처음 내 힘으로 달고 깊은 잠을 잘 수 있을 것 같은 예감이 들었다.

* 전자 요람 아이디어는 포드사에서 개발한 '맥스 모터 드림즈'에서 얻었습니다.

안부의 출처

*

차에 올라 시동을 거는데 선영의 메시지가 도착했다. 어젯밤 꿈에 네가 죽었다며 오늘 하루 조심하라는 메시지였다. 나는 잠시 고민하다가 구두를 벗어 조수석 아래에 놓아 두고 슬리퍼로 갈아 신은 다음 답문을 보냈다.

그래. 조심할게. 고마워.

잘 지내지?

선영이 물었다. 나는 답문을 보내려다 말고 선영의 카톡 프로필 사진을 클릭했다. 선영의 프로필에는 두어 살 된 여자아이의 사진이 올라와 있었다. 주스 컵에 담긴 빨대를 입에 물고 익살스러운 표정을 짓고 있는 아이였다. 사진 옆에는 '아무렴 어때'라고 적혀 있었다. 아무렴 어떠하지 못해서, 전전긍긍하고 있어서 저런 문구를 써 놨을 거라고 나는 짐작한다. 정말 아무렴 어떠냐고 생각하는 사람은 그런 문구를 써놓을 리 없었다. 프로필에 '두려움 없이 나아가자'라고 적어 놓은 사람치고 겁이 없는 사람이 있을까. 나는 한때 '차분하고 고요하게'라는 문구를 내 프로필에 써 놓은 적이 있었다. 당시 내 마음이 어찌하지 못할 만큼 혼란스럽고 시끄러웠기 때문이었다.

선영과 언제 마지막으로 연락했는지 헤아려 보니 2년 전이었다. 선영을 마지막으로 본 건 4년 전, 선영의 결혼식장에서였다. 선영은 친구들 중에서 가장 먼저 결혼했다. 그날 나는 좀 울었다. 신랑, 신부가 부모님께 절을 올리고 선영의 부모가 흰 장갑을 낀 손으로 선영의 등을 토닥이는데 문득 뭉클해지고 말았다. 선영은 울지 않았다. 신부 대기실에서부터 피로연까지 내내 미소를 잃지 않았고 정말이지 예뻤다. 보석 상자 속 새하얀 공단 위에 놓인 진주 같은 선영의 모습에 하객들 모두 감탄했다.

신랑의 모습도 떠오른다. 눈매가 가늘었고 입술은 큰 턱의 무게를 감당하기 위한 것처럼 굳게 다물고 있었다. 과묵해 보이는 인상이었다. 물론 그가 실제로 과묵한지 아닌지는 알 수 없었다. 나는 그날 그를 처음 보았고 축하 인사 한마디 나눈 게 다였다. 결혼식장 입구에 놓인 화환으로 미루어 보아 언론계에 종사하는 사람이라는 것만 짐작할 수 있을 뿐이었다.

2년 전에도 선영은 네가 꿈에서 펑펑 울더라며 잘 지내냐고 연락해 왔다. 그때처럼 이번에도 나는 잘 지낸다고 대답했다. 그때도 지금도 잘 지내지 않는다고 말할 이유가 없었다. 어젯밤 나는 남자와 잤다. 한쪽 벽면이 유럽 도시의 풍경으로 도배된 모텔방에서였다. 벽지에 찌든 니코틴이 도시의 스모그처럼 자연스럽게 배어 있었다. 남자가 코로나 진단 키트를 들고 화장실에 들어간 사이 나는 배달 전문점에서 주는 자석이 다닥다닥 붙어 있는 냉장고 문을 열고 생수 한 병을 꺼내 놓았다. 화장실에서 나온 남자는 한 줄이 그어진 진단 키트를 테이블 위에 올려놓았다. 내가 테이블을 내려다보며 마스크를 벗고 담뱃갑을 열자, 남자가 재떨이에 휴지를 깐 뒤 생수를 조금 부어 주었다. 친절하다는 내 말에 남자는 이를 보이며 웃었다. 남자의 목덜미에서 은은한 시트러스 향이 났다. 제모할 때가 지난 내 다리를 자꾸 쓰다듬는 건 거슬렸지만, 손가락을 잘 쓰는 점은 좋았다.

새벽에 집에 돌아와 한 시간을 더 잤다. 일어나서는 화장을 지우고 샤워하고 다시 화장을 했다. 오전 11시에 대전에서 사장을 만나 통역을 해야 했다. 사장은 바이러스로 불안한 시기이니 버스나 기차가 아닌 자동차로 움직여서 만나자고 했다. 중국인인 사장은 한국말을 전혀 하지 못했다. 회사가 한국에 진출한 지 4년째, 인사말 정도는 할 줄 알 텐데도 나를 통하지 않고서는 아무 말도 하지 않았다.

차량용 거치대에 휴대폰을 올려놓고 벨트를 맸다. 내비게이션에 미팅이 열리는 컨벤션 홀의 주소를 입력하자 화면 위로 길고 구불구불한 파란 선이 떠올랐다. 총거리는 173km, 예상 소요 시간은 2시간 32분. 나는 침을 한번 삼켰다. 고속 도로 운전은 처음이었다.

지난해 삼촌이 타던 아반떼를 싼값에 넘겨받으며 운전을 시작했다. 보험 가입과 명의 이전을 마친 차에 앉아 시동을 거는데 공연히 벅차올랐다. 이제 마음만 먹으면 어디든 갈 수 있다니, 비로소 어른이 된 듯한 기분이 들었다. 성인이 된 지 11년째 되는 해였지만, 나 자신을 어른이라고 느낀 적은 없었다. 그런데 그 순간, 내 손목과 발목의 움직임만으로 이 묵직한 차체를 움직여 어디로든 갈 수 있다는 실감을 느낀 순간, 내가 가진 힘과 자유의 양이 구체적으로 느껴졌다. 기어를 넣고 액셀을 밟자, 차가 미끄러지듯 앞으로 나아갔다. 차의 에너지와 속도가 마치 내 힘처럼 여겨졌다. 차의 모든 것이 내 통제하에 있었다. 내 맘대로 되는 것이 이것 말고 다른 뭐가 있었던가, 생각나는 게 없었다.

언제든 혼자 있을 수 있는 공간이 생긴 점도 좋았다. 차 안에 들어가 문을 닫으면 세계와 나 사이에 경계가 생겨나며 안도감이 찾아왔다. 나는 잠시 사람들을 피해 혼자 있고 싶을 때면 차 안으로 들어왔다. 나만의 공간이 있다는 건 생각보다 큰 위안이었다. 어릴 적에는 부모와 형제들을 피하고 싶을 때면 장롱 안에 들어갔었다. 차는 어른들의 장롱 같았다. 블랙박스를 새로 달면서 나는 자동차 선팅도 짙게 부탁했다.

하지만 정작 나는 출퇴근 외에는 차를 거의 몰지 않았다. 차가 생기면 가 보고 싶었던 곳들은 모두 고속 도로를 타야 했고 고속 도로 주행은 좀처럼 엄두가 나지 않았다. 고속 도로는 매일 지나는 출퇴근 길 위에서 일어날 수 있는 접촉 사고와는 차원이 다른 사고가 일어날 수 있는 곳이었다. 최고 속도만 있는 게 아니라 최저 속도가 있다는 사실도 무서웠다. 그건 내 마음대로 천천히 갈 수도 없다는 뜻이었다. 시내 주행에 충분히 익숙해졌으니 이제는 고속 도로에 나가도 될 거라는 주위의 말에도 고개를 저었다. 그러나 지금은 교통사고의 위험보다 감염의 위험이 더 커 보이는 상황이었다. 지난밤 나는 잠든 남자의 옆에 누워 휴대폰으로 고속 도로 운전 요령을 검색했다. 1차로는 추월 차선이라는, 3차로는 화물차 전용이라는, 졸리면 반드시 쉬어 가라는, 터널 진입 시에는 서행하라는 이미 아는 내용들을 반복해 숙지했다.

고속 도로에 진입하는 길목에서 왼쪽 차선에 있던 회색 그랜저가 내 앞으로 끼어들려고 했다. 깜빡이는 없었다. 백미러로 뒤를 살폈다. 도로가 텅 비어 있었다. 나는 그 차가 들어오지 못하도록 차를 앞으로 바짝 몰았다. 그래도 자꾸 앞머리를 들이대는 차를 향해 경적을 울렸다. 그랜저가 주춤한 틈을 타서 얼른 액셀을 밟았다. 뒤에 저렇게 여유가 많은데도 꼭 앞에 끼어들려는 차를 받아 줄 수는 없었다.

먼저 고속 도로에 진입한 내 차 뒤로 회색 그랜저가 바짝 다가왔다. 내가 차선을 안쪽으로 이동하자 그랜저도 곧바로 이동했다. 의도를 가진 움직임이라는 걸 곧 알아챌 수 있었다. 여차하면 칠 것처럼 그랜저는 내 뒤를 쫓았다. 백미러를 통해 운전자의 희미한 실루엣이 보였다. 핸들을 세게 움켜쥐고 액셀을 힘주어 밟았다. 하지만 그랜저가 빨랐다. 그랜저는 곧 차선을 변경해 나를 앞지르더니 내 앞으로 급히 핸들을 돌렸다. 액셀에서 얼른 발을 떼고 브레이크를 밟았다. 속도가 급격하게 줄면서 몸이 앞으로 쏠렸다. 등줄기에서 땀이 솟았다. 그랜저는 고의적으로 가다 서기를 반복했다. 핸들을 잡은 손이 축축해졌고 액셀과 브레이크를 번갈아 밟는 발이 덜덜 떨리며 RPM 계기판의 바늘이 불안정하게 흔들렸다. 그랜저를 피해 2차선에서 3차선으로 차로를 변경했다. 하지만 그랜저는 이번에도 핸들을 꺾어 내 앞으로 들어왔다. 아슬아슬하게 부딪치지 않을 수 있었다. 불현듯 충동이 일었다. 이대로 그랜저를 박아 버리고 싶다는 충동. 내게 돌아올 손해 따위 생각하지 않고 저질러 버리고 싶다는 충동. 귀가 쾅 하는 파열음을 원하고 있었다. 터질 듯한 충동에 눈앞이 아뜩해지며 브레이크에서 발을 떼고 액셀로 발을 옮기려는 순간, 오늘 하루 조심하라는 선영의 메시지가 머릿속에 떠올랐다. 숨을 크게 들이쉬고 발에 쥔 힘을 풀었다. 속도는 점점 내려가 고속 도로 최저 속도에 이르렀다. 그제야 그랜저는 분이 풀리는지 곧 속도를 높이며 앞쪽으로 달려 나갔다. 저만치 앞서 나간 그랜저가 갈림목으로 빠져나가는 모습이 보였다. 물을 끼얹듯 덮쳐온 위협감은 쉽게 사라지지 않았다. 젖은 옷을 말리는 것처럼 시간이 걸렸다.

나는 겨우 80km/h를 유지하며 2차로를 달렸다. 앞의 차가 천천히 가든 빠르게 가든 한 길만 달릴 생각이었다. 이런 내 차가 답답한지 뒤에 있던 차들이 나를 앞질러 휙휙 지나갔다. 그럴 때마다 양옆으로 커다란 칼날이 지나가는 것 같았다. 빠른 속도로 달리는 차들이 지나갈 때마다 공기의 압력이 바뀌는 게 느껴졌다. 공간이 약간 휘면서 차체가 그쪽으로 비스듬히 기우는 것도 같았다. 나는 이런 것이 신기했다. 서로 닿지 않고

서도 물리적인 영향을 미칠 수 있다는 것이. 닿지 않았지만 닿은 것과 다름없다는 것이.

주행 자체는 시내보다 쉬웠다. 앞으로 100km 넘게 직진이었다. 길의 곡선에 따라 조금씩 핸들링을 하면서 일정한 세기로 액셀을 밟기만 하면 됐다. 별다른 주행의 변화 없이 계속 앞으로 달리기만 하니까 여전한 긴장 속에서도 머리가 멍해졌다. 머릿속 생각이 이리저리 샛길로 빠져들었다.

고등학교 친구 중에서 서울에 있는 대학에 합격한 사람은 선영과 나뿐이었다. 사실 선영과 나는 어울리는 무리에 함께 속해 있긴 했어도 많이 친한 편은 아니었다. 그런데 낯선 서울에 둘만 가게 되자 서로가 각별해졌다. 학교는 달라도 30분이면 만날 수 있는 거리에 있던 우리는 자주 만났다. 은근히 체면을 차리게 되는 대학 친구들을 만나다가 선영을 만나면 허물없이 편했다. 여대에 간 나는 세련되고 화려한 여학생들 사이에서 주눅이 들곤 했다. 선영과 나는 만나서 주로 쇼핑을 했다. 우리는 좀 더 싸고 좀 더 예쁜 옷을 고르기 위해 명동과 동대문을 하루 종일 누볐다. 쇼핑 후에는 선영의 남자 친구를 함께 만나기도 했다. 선영의 남자 친구는 자주 바뀌었다. 남자 친구들은 각기 개성적이었다. 덩치가 크고 무뚝뚝한 사람, 창백한 얼굴에 수줍음을 많이 타는 사람, 수다스럽고 활달한 사람 사이에서 선영의 일관된 취향을 찾을 수는 없었다. 하지만 남자 친구들보다 인상적인 건 그들과 함께 있을 때의 선영의 모습이었다. 원하는 것을 분명히 밝히며 똑 부러지게 상대를 대하면서도 어딘지 나른하고 느슨해 보이는 태도와 표정에서 뭐랄까, 노련함과 성숙함이 느껴졌다. 그럴 때마다 나는 선영이 또래 친구가 아닌 언니처럼 느껴졌다. 그런 선영의 모습에 나는 초조해졌다.

"야, 난 여중에 여고에 여대에, 이러다 평생 아무도 못 만나는 거 아니겠지?"

여대 특성상 미팅과 소개팅이 자주 성사되긴 했다. 하지만 좀처럼 지속적인 관계로 이어지지 않았다.

"기다려 봐. 이 언니가 해결해 줄게."

선영은 정말로 두 팔을 걷어붙여 보였다. 나는 선영이 해 주는 소개팅도 열심히 했다. 하지만 모두 흐지부지 끝나고 말았다. 선영에게 미안할 지경이었다. 한 날 쇼핑하다가 카페에 앉아 지친 다리를 쉬고 있을 때 선영이 말했다.

"이상하다, 너 정도면 괜찮은데."

나는 목을 빼고 나를 들여다보는 선영의 얼굴을 손바닥으로 밀어냈다.

"네가 봐서 괜찮으면 뭐 하냐고."

"네가 술을 못 마셔서 그런가. 그래서 뭐가 진전이 안 되나?"

"술을 마시면 뭐가 좀 돼?"

"아무래도 계기가 생기지. 계기가."

나로서는 다시 태어나는 수밖에 없었다. 대학 오리엔테이션에서 처음 술을 마셨을 때 나는 밤새도록 변기를 붙잡고 있었다. 한숨이 나왔다.

"아, 알겠다!"

종아리를 주먹으로 툭툭 두드리던 선영이 갑자기 큰소리로 외쳤다. 선영은 깜짝 놀란 나를 진정시키듯 내 어깨에 손을 올리며 말을 이었다.

"너는 너무 우유부단해."

"응?"

"너 예전에 학교 앞 문구점에서 수첩 살 때 기억나니? 이 수첩은 너무 길어서 맘에 안 든다, 저 수첩은 표지가 튀어서 맘에 안 든다, 하면서 수첩 하나 고르는 데 삼십 분은 걸린 거?

"아, 그랬지."

"뭐가 그랬지야. 지금도 그래, 너는. 치마 하나 고르는 데 무슨 고민과 생각이 그렇게 많니? 그러니 연애도 못 하는 거야. 깊이 생각하면 만날 사람 아무도 없다."

선영이 마지막으로 소개팅해 준 남자는 ROTC 소속이었다. 카페에 먼저 도착해 있던 남자는 키가 컸고 짧은 머리에 이마가 반듯했다. 괜찮다는 느낌이 들었다. 그리고 곧 깨닫게 됐다. 그동안 나는 소개팅에서 남자를 만나도 좋다는 느낌을 받지 못했다는 것을. ROTC 남자가 색다른 감흥을 불러일으키자 지금껏 소개팅에서 나는 뭔가 좀 애매하다는 느낌만 양손으로 만지작거리며 앉아 있었다는 것을 알 수 있었다. 그날이라고 해서 내 태도가 크게 다르진 않았을 거다. 다만 내 손바닥 위에 얹혀 있는 게 달랐다. 그건 상대도 날 마음에 들어 할까 하는 초조함이었다.

그와 나는 소개팅 후로도 만났다. 두 번째 만났을 때는 파스타를 먹고 삼청동을 걸었다. 세 번째 만났을 때는 영화를 보고 술을 마셨다. 그날 나는 제법 맥주를 마셨다. 억지로라도 마시면 느는 건지 이상하게 술이 잘 들어갔다. 아무래도 계기가 생기지, 계기가. 속으로 주문을 외웠던 것도 같다. 술집을 나오는데 바닥이 빙글 돌았다. 어지러움을 견디며 걷다가 도착한 곳은 모텔 앞이었다. 나는 고개를 들어 남자의 얼굴을 바라봤다. 남자는 많이 어지럽냐고 물으며 내 어깨를 감싸안은 팔에 힘을 주었다. 남자의 체취가 물씬 풍겨 왔다. 다시 정신을 차렸을 때 나는 누워 있었고 남자의 두 손은 내 몸을 더듬고 있었다. 순간 몸이 빳빳이 굳었다. 뭘 어떻게 해야 할지 알 수 없었다. 우린 아직 사귀지도 않는데 이래도 되는 건가, 어쩜 이게 바로 사귀자는 말인가? 그런 건가? 그래도 나는 처음인데, 이걸 그냥 이렇게 해버려도 되나? 이런 생각에 머리가 더 어지러웠다. 나는 눈을 질끈 감고 아랫입술을 씹었다. 옷이 벗겨질수록 점점 더 빳빳해지는 내 몸의 반응을 눈치챘는지 남자가 더듬던 손을 멈추고 물었다.

"싫어?"

싫은 건 아니었지만 좋은 것도 아니라는 말을 과연 해도 되는 걸까, 뭐라고 말해야 하는 걸까. 내 고민은 이제 그런 것으로 넘어가 있었고 그러는 사이 남자는 몸을 일으켜 뒤돌아 앉았다. 침대에 걸터앉아 모아쥔 두 손을 이마에 대고 있던 남자가 잠시 뒤 입을 열었다.

"나가자."

그때까지 꼼짝 안 하고 누워 있던 나는 몸을 일으켜 근처에 흩어져 있는 옷을 주섬주섬 챙겨 입었다. 옷이 물에 젖은 것처럼 무거웠다. 갑자기 모든 게 비현실적으로 느껴졌다. 이 방도 나도 모두 가짜 같았다. 진짜 나는 팔다리를 서둘러 옷에 꿰어 넣는 몸뚱이를 티브이 화면으로 보며 비웃고 있을 것 같았다. 옷을 다 입은 몸뚱이는 방을 나와 앞장서 걸어가는 남자 뒤를 따라 걸었다. 모텔 밖으로 나오자, 남자가 우뚝 걸음을 멈췄다. 그러고는 뒤에 서 있는 내게 고개를 반쯤 돌려 잘 들어가라고 말한 뒤 골목 저편으로 성큼성큼 사라졌다.

나는 그대로 모텔 앞에 서 있었다. 골목 바닥에 모텔의 네온사인이 흐릿하게 번지고 있었다. 길바닥의 색이 조금씩 변하면서 울퉁불퉁 솟아오르고 가라앉고 있었다. 빛이 들지 않는 담벼락 쪽으로 몸을 옮기는데 발이 꼬였다. 더러운 담벼락에 등을 기대고 서서 허공을 바라봤다. 하루살이 떼가 얼굴 앞에 몰려들었다. 손을 저어 내쫓았다. 다시 고개를 드니 건물과 건물 사이로 무섭도록 깨끗한 밤하늘이 눈에 들어왔다. 어디선가 대화 소리가 작게 들려왔다. 왜 이래, 창피하게. 뭐어때, 괜찮아. 나는 얼굴이 뜨거워지는 것을 느끼며 알지 못하는 이들의 대화를 따라 했다. 왜 이래, 창피하게. 뭐 어때, 괜찮아. 속이 울렁거렸다. 허리를 굽히자, 안에 든 것이 모조리 밖으로 쏟아져나왔다.

그 후로 ROTC 남자에게 연락이 오지 않았다. 나도 연락하지 않았다. 졸업이 가까워지면서 선영과의 연락도 뜸해졌다. 졸업 후 나는 남자를 한 명 사귀었다. 통역 스터디 모임에서 만난 사람으로 나보다 두 살 많았고 일 년 반 정도 사귀었는데 그중에 오 개월은 다른 여자를 만나고 있었다. 그 뒤로도 나는 소개팅, 몇 번의 데이트, 다시 소개팅을 반복했다. 한번은 회사 동료에게 이러다 나 소개팅의 달인 되겠어, 라고 말한 적이 있는데, 동료는 소개팅의 달인이라면 소개팅해서 잘돼야지, 잘 안 돼서 많이 하기만 하는 게 무슨 달인이냐고 했고 그 말에 나는 고개를 끄덕이지 않을 수 없었다. 더 이상 소개팅은 하지 않기로 마음먹었다.

커브를 돌자 앞쪽의 차들이 비상등을 켠 채로 속도를 멈추고 있었다. 나도 급히 브레이크를 밟았다. 앞차와 좁은 간격으로 차를 세우자마자 등이 서늘해졌다. 백미러를 통해 뒤따라오던 차가 빠른 속도로 달려오는 것이 보였다. 나는 두 손으로 핸들을 움켜쥐고 어깨를 움츠렸다. "하, 제발."이라는 소리가 입에서 저절로 튀어나왔다. 다시 고개를 들어 백미러를 바라봤을 때는 내 뒤의 차도 가까스로 멈춰 선 상태였다. 여기저기 자동차들이 비상등을 켜고 경적을 울리며 난리였다. 정체는 시야에 보이는 도로 끝까지 이어져 있었다. 얼마 지나지 않아 내비게이션에 유고 정보가 떴다. 도로 어딘가에서 사고가 난 모양이었다.

긴장이 풀리면서 담배가 당겼다. 냄새가 배는 게 싫어서 차에서는 피지 않는 담배를 아무렴 어떠냐고 피우고 싶었다. 하지만 가방 깊숙한 곳에 있는 담배를 꺼내 불까지 붙여 피울 자신이 없었다. 답답한 마음에 창문을 열었지만, 매연이 들어와서 다시 창문을 닫았다. 에어컨을 켰다. 에어컨 냉기에 피부가 식으면서 몸이 부르르 떨렸다. 차는 찔끔 가다 멈춰 서길 반복했다. 예상 도착시간은 20분 늘어 10시 25분을 나타내고 있었다.

휴대폰 진동이 짧게 두 번 울렸다. 정체는 여전히 풀리지 않았다. 나는 차가 멈춰 선 틈을 타 오른손을 핸들에서 떼고 메시지 창을 클릭했다. 또 선영의 메시지였다.

인주야, 내가 왜 자꾸 이런 꿈을 꾸는지 모르겠어.

너한테 미안해서인가 봐.

나는 선영의 메시지를 알아들을 수가 없었다. 얘가 무슨 소리를 하는 거지.

그게 무슨 말이야?

나는 한 손으로 문자를 찍어 보낸 뒤 휴대폰 화면을 내비게이션으로 돌려 놓았다. 진동은 계속 울렸다. 아예 막히는 것도 아니고 일정하게 나아가는 것도 아닌 도로 위에서 연거푸 울리는 휴대폰 진동 소리에 신경이 거슬렸다.

전에 내가 마지막으로 소개해 줬던 애 말이야.

걔 때문에 많이 힘들었지?

그때 내가 널 도와줬어야 했는데.

미안해. 이제라도 사과하고 싶어.

선영의 말을 알아들을 수 없었다. 알고 싶은 마음보

다 문자를 그만 보냈으면 하는 마음이 더 컸다. 시간이 지날수록 강해지는 햇빛도 신경을 곤두서게 했다. 전면 유리창 위로 내리꽂히는 햇빛을 가리기 위해 선바이저를 내리자 열린 거울을 통해 내 모습이 보였다. 거울 속의 잔뜩 찌푸린 나를 일별하는 순간, 문득 떠올랐다. 혹시 그 애긴가? 하지만 곧 의문이 들었다.

내가 그 얘기를 선영에게 했었나?

앞쪽에 터널이 보였다. 차들의 기다란 행렬이 터널 안으로 구겨 넣어지고 있었다. 했겠지. 했으니까 선영이 지금 내게 이러는 거겠지. 그래도 나는 물었다. 앞 유리와 휴대폰을 번갈아 바라보며 문자를 찍어 한 문장을 쓰는 데도 오래 걸렸고 결국 오타가 났다.

근데 내가 그 애기를 너한테 했었나?

메시지를 읽었다는 표시가 떴지만, 선영에게는 한동안 답문이 없었다.

앞에 서 있는 차는 브레이크 등이 고장 났는지 멈춰 설 때도 불이 들어오지 않았다. 나는 휴대폰을 내려놓고 앞차의 바퀴를 노려보며 브레이크에서 발을 뗐다가 다시 갖다 대기를 반복했다.

사고가 수습되었는지 터널을 벗어나면서부터 차량의 정체가 조금씩 풀리기 시작했다. 얼마 지나지 않아 저편 갓길에 경광등을 켠 레커차와 차 두 대가 서 있는 게 보였다. 뒤 범퍼가 떨어져 나간 차는 구형 코란도였고 보닛이 찌그러진 차는 회색 그랜저였다. 아까 나를 위협하던 회색 그랜저는 다른 길로 갔으므로 그 차일 가능성은 적었지만, 그 차와 낡음의 정도와 튜닝의 스타일이 비슷했고, 그냥 그 차였으면 싶었다. 두 차 사이에 멀찍이 떨어져 서 있는 남자 둘이 보였다. 한 명은 키가 컸고 한 명은 키가 작았다. 나는 핸들을 세게 움켜쥐고 풀리기 시작하는 도로의 흐름을 쫓아갔다.

가끔 나 자신에게 묻곤 한다. 뭐가 이렇게 엉망이지? 그러면 뭐가 엉망인지 짚어 보게 되고 결국엔 별로 엉망인 게 없다는 결론에 이르게 된다. 정말이다. 현재 나는 별일 없이 살고 있다. 아쉬울 것도 추구할 것도 없다. 마음이나 감정 따위에 연연하지 않기로 하자 편했다. 선영의 결혼식 이후로는 눈물을 흘린 적도 없다. 그게 특별한 계기가 되어 준 것은 물론 아니다. 그냥 타이밍이 그랬을 뿐이다. 외로움은 적당히 해결하면 그만이었다. 선영도 지금의 나를 보면 더는 우유부단하다고 말할 수 없을 것이다. 그러니 나는 나 자신에게 이따금 물을 필요가 있는 것이다. 뭐가 이렇게 엉망이냐고. 가끔 선영의 꿈에 나타나 울거나 죽는 것만 빼면 나는 아무렇지 않다.

맞다. 내 하숙방으로 찾아왔던 선영에게 그 이야기를 했던 것 같다. 그때도 나는 조금 울었는데, 아마 그 얘기를 하다가 그랬을 것이다. 선영은 "걔가 원래 좀 재수 없었어. 제복이 퍽이나 멋있는 줄 알고 시도 때도 없이 입고 다니더라고. 제복 입으면 본인이 다른 애들이랑 좀 다른 것처럼 느껴지나 보지? 그런 애들 딱 질색이야."라고 말했었다. 대화하는 중에 선영의 왼쪽 뺨에 새로 생긴 점을 골똘히 들여다보았던 기억도 난다. 그날 우리는 하숙집 아주머니가 쪄 놓은 옥수수를 많이 먹었다. 그 이후로 선영과 둘이 만난 적은 없다. 대학을 졸업하고 서울로 취업을 한 고등학교 동창들과 몇 번 모이긴 했는데, 단둘이 만난 건 그때가 마지막이었다.

주유 경고등에 불이 들어왔다. 전방 20km 앞에 휴게소가 있었다. 휴게소까지는 버틸 수 있을 것 같았다.

휴게소의 입간판이 눈에 들어오자, 요의가 느껴졌다. 평일 낮인데도 휴게소는 주차된 차량들로 가득했다. 겨우 한 자리를 발견하고 주차한 뒤 마스크와 휴대폰을 챙겨 화장실로 향했다. 몸에서 소변이 빠져나가자, 고개가 절로 뒤로 젖혀졌다. 화장실을 나온 뒤에는 카페로 갔다. 아스팔트의 뜨거운 열기가 얼굴까지 올라왔지만 나는 더워 죽어도 뜨거운 아메리카노였다. 주문한 커피가 나오기를 기다리면서 휴대폰에 들어와 있는 메시지를 확인했다.

아무튼, 언제 한번 봤으면 좋겠는데.

이 시국에 보자고 하는 거 민폐인가?

지금 통화는 되니?

내가 읽기를 기다렸던 것처럼 메시지를 확인하자마자 선영에게서 전화가 걸려 왔다. 전화를 받으면서 나는 선영의 목소리에서 선영의 결혼 생활의 불행을 감지했다. 나는 결혼 생활이 뭔지 모르고, 더구나 선영의 목소리에서 뭔가를 감지할 수 있을 만큼 대화를 나눈 지 오래됐으면서도, 그냥 그렇게 느끼고 말았다. 선영이 목소리에 부옇고 끈적하게 달라붙어 있는 불행이 내게 건너올 것만 같아 나는 얼굴에서 휴대 전화를 조금 떼었다. 얘야말로 정말로 엉망이겠다고 생각했다.

예상대로 그랬다. 선영은 잠시 횡설수설한 끝에 말했다.

"얼마 전에 걔를 은행에서 만났는데, 어떻게 하다가 같이 잤는데, 그 후로 걔랑 연락이 안 돼."

나는 할 말이 없었다. 선영 역시 듣기보다 말하고 싶어 하는 것 같았다. 내 대답을 기다리는 기색 없이 선영은 말을 이었다.

"나는 걔가 그런 앤 줄 몰랐어. 근데 너는 왜 알면서 나한테 말 안 해 줬니?"

그래도 나는 할 말이 없었다. 얘가 어떤 얼굴과 어떤 자세로 이런 말을 하고 있는지를 떠올려 볼 뿐이었다. 화장은 했을까. 맨얼굴일까. 앉아 있을까. 서 있을까. 나는 마스크를 벗어 손목에 끼우고 뜨거운 커피를 한 모금 마셨다. 선영은 말을 이었다.

"아니, 탓하는 건 아니고. 있잖아. 나 어떡하니? 나도 더 연락 안 하는 게 맞겠지?"

살다 보면 재밌는 사람들을 만나게 된다. 선영을 알게 된 지 13년째, 선영은 이제야 재밌는 사람이 되었다. 아니면 원래 재밌는 사람이었는데 내가 그걸 이제 안 건가. 내 판단이 너무 성급했는지도 모른다. 선영의 결혼 생활은 불행하지 않을지도 모른다. 선영은 그것에 대해선 아무 얘기도 안 했다. 결혼 생활이 그럭저럭 괜찮으면서 그랬는지도 모른다. 나는 그런 생각을 하며 커피를 들고 흡연 구역으로 향했다.

"근데, 선영아."

나는 재떨이 근처에 커피를 내려놓고 어깨를 들어 올려 휴대폰을 귀에 고정한 채 담배에 불을 붙인 뒤 물었다.

"내가 어떻게 죽었니?"

줄곧 궁금했다. 선영의 꿈에서 내가 어떤 얼굴과 어떤 자세로 죽었을지. 갑자기 수화기 너머가 잠잠해졌다.

"여보세요?"

내가 다시 말하자 선영이의 목소리가 들렸다.

"잠깐만, 인주야. 지금 애가 울어서, 내가 나중에 다시 전화할게."

그리곤 전화가 끊겼다.

휴게소에 들렀으니 그만큼 시간이 지체됐을 터라 급하게 몇 모금을 빠는데, 아이 울음소리가 들렸다. 저만치 특산품을 파는 매대 근처에 한 여자가 우는 아기를 안고 있었다. 뿌리 염색을 할 때가 지나 두피 언저리는 까맣고 아래는 푸석한 갈색 머리를 늘어뜨린 여자였다. 여자는 보채는 아이 엉덩이를 손바닥으로 두드리며 조금만 더 가면 된다고 이제 그만 좀 울라고, 잠 좀 자라고, 울 것 같은 목소리로 애원하고 있었다.

내려놓았던 뜨거운 커피를 들이켜며 엄마가 된 선영을 상상했다. 선영도 아기에게 울지 말라고 애원할까? 제발 잠 좀 자라고 사정할까? 잘 상상되지 않았다. 원하는 건 어렵지 않게 얻어 내던 주선영이 절절매는 모습은 잘 그려지지 않았다. 시간이 많이 흘렀으니 선영도 변했을지 모른다. 아이를 낳아야 어른이 된다는 말에는 이유가 있을 것이다. 아기를 낳고 기른다는 건 엄청난 경험일 테니까 그 경험이 어떻게든 선영에게 영향을 미쳤긴 했을 것이다.

선영은 대학을 졸업하고 은행에 취직했다. 재밌는 일이었다. 선영은 수학을 못했다. 옷을 살 때 현금으로 하면 10% 빼 준다는 주인의 말에 그럼 얼마를 지불하면 되는지 계산하지 못했고 거스름돈을 잘못 받은 것도 몰랐다. 선영은 전형적인 문과생이었다. 수학은 내가 잘했다. 엄청 잘한 건 아니고 고2 때 문과와 이과로

반이 나뉘고 반에 문과 학생들만 모이게 되자 나는 자연스럽게 수학을 잘하는 축에 속하게 됐다. 선영은 수학 문제를 풀다가 하다가 모르는 부분이 있으면 내게 묻곤 했다.

"야, 넌 다른 땐 안 그러는데, 수학 문제 풀 땐 척척이구나."

수학 문제를 척척 잘 풀던 나는 통역을 한다. 이건 재밌지 않다. 사장은 사람들에게 중국인답지 않게 깔끔하다는 말을 종종 들었다. 나는 그 말을 들을 때마다 사장에게 통역해 줘야 할지, 말아야 할지, 통역한다면 그대로 해도 될지 고민하다가 얼버무리곤 한다. 생각 끝에, 깔끔한 중국인이시네요, 라고 통역하면 되겠다고 정해 놓았는데 그렇게 정해 둔 뒤로는 그런 말을 하는 사람이 없다. 바로 이런 게 재밌다. 사장은 내가 통역하는 나를 바라보며 알 듯 모를 듯한 미소를 지을 때가 있는데, 그럴 때면 이 사람, 한국말을 다 알아듣는 것만 같은 기분이 든다. 나는 재떨이에 담배를 비벼 끄고 남은 커피를 입안에 털어 넣었다.

고속 도로 주행에 익숙해지면서 속력을 높였다. 니코틴과 카페인의 힘 덕분이기도 했고 다른 차들이 워 낙 빠르게 달리니 속도에 둔감해진 것도 있었다. 이제는 제한 속도 100km/h를 넘지 않도록 감시 카메라가 있는 곳에서는 살짝 브레이크를 밟기까지 해야 했다. 나는 핸들에서 오른손을 떼고 팔꿈치를 콘솔 쿠션에 얹어도 봤다. 아, 이런 게 어른이었다. 차만 가졌다고 어른인 게 아니라 이렇게 빠른 속도로 달리는 와중에도 의연한 포즈를 취할 수 있어야 어른이고말고. 지금 가는 곳이 산이나 바다였으면 좋겠다는 생각이 들었다. 이렇게 달려서 도착하는 곳이 푸른 산이거나 시원한 바다라면 얼마나 좋을까. 앞으로는 고속 도로를 타고 가고 싶은 곳을 많이 가야겠다고 다짐했다. 산정 호수도, 헤이리도, 두물머리도. 양양이랑 속초도 갈 것이다.

나보다 느리게 달리는 차들이 눈에 들어오면서 문득 내 차도 다른 차에게 영향을 줄 수 있을지 궁금해졌다. 마침 날 위해 준비된 것처럼, 내 앞에 초보 운전 스티커를 붙이고 천천히 달리는 경차가 나타났다. 선팅을 거의 하지 않은 경차는 내장이 훤히 들여다보이는 생물 같았다. 운전자 홀로 타고 있었고 백미러에 걸린 기다란 깃털 장식은 좌우로 흔들거리고 있었다. 나는 그 차 뒤로 차를 몰았다. 잠시 달리다가 보란 듯이 추월 차로로 차선을 옮긴 다음 다시 경차 앞쪽으로 차선을 이동했다. 백미러로 경차가 순간 멈칫거리는 모습이 보였다. 마치 관절을 가진 생물처럼 움찔 떠는 듯한 모습이었다. 나는 이것도 신기했다. 내 차가 더 빨리 지나갈 때 나는 아무렇지 않다는 것이.

나는 그동안 차는 바퀴 네 개만 잘 굴러가면 그만이라고 생각하며 좋은 차에 집착하는 사람들의 욕망을 이해하지 못했는데, 이제는 알 것 같았다. 차는 일시적으로나마 상대를 쩔쩔매게 만들 수 있는 물건이었다. 좋은 차는 영향을 받기보다는 영향을 줄 수 있는 엔진을 달고 있었다. 내게 영향을 주었다가는 너도 막대한 손실을 볼 수 있다는 것을 암시하는 물건이기도 했다.

그러다 그 행동에 집중하다가 그만, 대전IC로 빠져나가는 길을 뒤늦게 발견하고 말았다. 차로를 급히 옮기기에는 3차로에서 덤프트럭이 질주해 오고 있었다. 2차로에서 속도를 늦춘 채 미적거리는 내 차를 향해 뒤에서 오고 있던 화물차가 길게 경적을 울렸다. 차체가 웅하고 떨릴 만큼 큰 소리였다. 나는 당황하며 다시 액셀을 밟았다. 이렇게 된 거 무리해서 빠지기보다 앞으로 가야 했다. 어쩔 수 없었다. 조금 돌아가겠지만 길은 어디든 연결되어 있을 터였다.

내비게이션은 잠시 머뭇거리더니 다른 길을 찾기 시작했다. 5km를 더 가면 비룡 분기점으로 나가는 길이 있었고 잠시 통영-대전 고속 도로를 타고 내려와 판암 톨게이트로 빠져나오면 됐다. 그러나 얼마 못 가 차가 다시 밀리기 시작했다. 조금씩 차량의 흐름이 더뎌지더니 분기점에 다가서기도 전에 길이 결국 꽉 막혀 버렸다. 순식간에 세 개의 차로가 그대로 주차장이 되어 버렸다.

초조하게 핸들을 두드리던 나는 주유 경고등이 깜빡거리는 것을 발견했다. 기름에 대해서는 까맣게 잊고 있던 내 정신 상태도 발견했다. 대체 왜? 내가 나를 이해할 수 없었다. 왜 휴게소에서 주유를 하지 않은 거지? 누군가 내 머릿속에서 주유에 대한 생각만 핀셋으로 쏙 뽑아 낸 것 같았다. 남은 기름으로 얼마나 버틸 수 있을지 알 수 없었다. 정체가 언제 풀릴지도 알 수 없었다. 이곳이 원래 이렇게 밀리는 구간인지 아니면 또 사고가 있는 건지도 알 수 없었다. 내비게이션에는 아무런 정보도 뜨지 않았다. 도착 예정 시간은 차곡차곡 늘어났다. 미팅 시간에 늦는 건 둘째 치고 기름이 다 떨어지기 전에 주유소를 만날 수 있을지부터가 불안했다. 지금이라도 갓길에 차를 세우고 보험 회사를 부르는 게 나을까. 판단이 서지 않았다. 우선 3차로로 가 있는 게 나을 것 같아서 깜빡이를 켜고 핸들을 오른쪽으로 살짝 틀었다. 하지만 차로에 길게 늘어선 차들은 경적을 울리며 좀처럼 자리를 내주지 않았다. 갑자기 멈춰선 도로 위의 차들 모두 잔뜩 예민해져 있었다. 나는 우측 깜빡이를 껐다.

이제는 정체가 곧 풀린다고 하더라도 제시간에 도착하는 건 어려워 보였다. 나는 사장에게 전화를 걸어 상황을 설명했다.

"길을 잘못 들었는데, 너무 밀리네요. 죄송해요. 좀 늦을 것 같아요."

"아니, 그게 무슨 말이에요. 미팅은 어떡하라고요."

"죄송합니다. 지금 고속 도로 위라서 저도 방법이 없네요."

"아니, 인주 씨. 이러면 곤란한데, 이러면 곤란해요."

사장은 곤란하다는 말을 반복했다. 워 유 마뺀러, 워 유 마뺀러. 통역하다 보면 중국어가 중국어로 들리지 않고 곧장 한국말로 들리는 경험을 할 때가 있는데,

이상하게도 지금 사장이 중얼거리는 말은 중국어도 아닌 한국어도 아닌, 아무 의미도 담지 않은 주문처럼 들렸다. 워 유 마뻰러, 워 유 마뻰러… 주문이라면, 이 상황의 해결을 기원하는 주문이기를 바라며 나는 잠자코 사장의 주문을 들었다. 주문이 효과가 있기를 바라며 가만히 듣기만 했다.

순간 선영이 아까 했던 말이 머릿속에 떠올랐다. 근데 너는 왜 알면서 나한테 말 안 해 줬니? 그랬다. 나는 선영에게 그 이야기를 한 적이 없었다. 나는 선영에게 그 남자랑 잘 안 됐다고만 말했지 자세한 건 말하지 않았다. 얘기는 선영이가 했다. 그날 내 하숙방에 찾아온 선영은 아버지의 넷째 손가락이 잘린 얘기를 했다. 자동차 부품 공장에서 일하다 그랬다고, 그런데 절단된 조각을 차갑고 축축하게 보관해서 병원으로 가져가야 하는 걸 그걸 그냥 손에 쥐고 가서 봉합 수술이 잘 될지 모르겠다고 말했다. 그러면서 선영은 이 이야기를 대학 친구들에게는 하지 않았고 내게만 하는 거라고 했다. 나는 자신의 절단된 손가락을 쥐고 달려가는 사람의 마음이란 어떤 것일까 생각하다가 눈물이 났다. 아버지의 손은 너무 뜨겁고 건조했을 거라는 선영의 말을 듣는데 내 손이 뜨거워지는 것 같았다. 선영은 울지 않았다. 얼굴에 뭐가 꽉 차 있었지만 터져 나오지는 않았다.

"웨이? 웨이?"

내가 대답이 없자 사장은 전화를 끊었다. 잠시 뒤 메시지가 들어오는지 휴대폰이 짧게 진동했다. 이번엔 선영이 아니었다. 어플에서 울린 메시지 알림이었다.

왜 말도 없이 갔어요? 잘 들어갔어요?

갑자기 얼굴로 무거운 것이 쏠렸다. 나는 쏟아지는 걸 받치듯 두 손으로 얼굴을 감쌌다. 한번 보았을 뿐인데 남자의 다정한 목소리가 귀에 들리는 듯했다. 나는 손을 떼고 얼굴을 뒤로 젖혀 흔들었다. 다시 고개를 숙여 번호를 길게 누른 다음엔 메시지를 지웠다. 수신도 차단했다.

정체는 여전했다. 보험 회사에 전화를 걸어 비상 급유 서비스를 신청했다. 그리곤 기어를 아예 P로 옮겨 놓고 가방에서 담배를 꺼내 불을 붙인 뒤 창문을 내렸다. 1차선에 있는 카니발의 뒷좌석에 탄 아이가 나를 바라봤다. 뭐에 심통이 났는지 뚱한 표정이었다. 아이의 옆자리에 앉은 여자가 내 손가락 사이에 끼워진 담배를 보더니, 신경질적인 표정으로 창문을 올렸다. 나는 사춘기 시절에나 일었을 법한 반항심으로 담배 연기를 더 길게 내뿜었다.

주위의 차들을 둘러봤다. 차들은 제자리에서 다만 부릉댈 뿐 서로 아무에게도 영향을 끼치지 못하고 있었다. 언젠간 정체가 풀릴 것이다. 하지만 정체가 풀리는데도 불구하고 내 차가 움직이지 못한다면? 내 차는 움직이지 않는 방식으로 다른 차들에게 영향을 미칠 터였다. 내 차가 곧 멈추리라는 것을 아는 사람은 없었다. 나의 곤란을 아무도 모른다는 사실이 어쩐지 비밀을 품은 듯이 여겨졌다. 어떤 책에서 그랬더라. 비밀이 없다는 것은 가난하고 허전한 일이라고. 나는 내 비밀을 누군가 알아챌까 봐 겁이 났었고 아무도 모르는 게 두려웠었다.

차 안은 곧 매연과 담배 연기로 가득 찼다. 매캐한 공기를 들이마시며 나는 선영의 꿈속에서 내가 어떻게 죽었을지를 상상했다. 자연사는 아닐 것이고 병이 났거나 사고를 당했거나 살해됐을 것이다. 병이라면 암일까, 전염병일까. 사고라면 추락사일까, 익사일까. 살해라면 교살일까, 참살일까. 각각의 가능성이 만들어낼 세부적인 모습을 떠올리면서 나는 기다렸다. 도로의 정체가 풀리기를. 그래서 도로 한복판에 멈춰 있는 내 차가 새로운 방식으로 다른 차들에 영향을 미치기를. 어느 차들이고 내 근처에 와서는 속도를 줄여야 할 것이다. 당황하며 핸들을 틀고 경적을 울릴 것이다. 누군가는 급브레이크를 밟아야 할지도 모른다. 그리고 나는 언제 들이받힐지 모르는 상태에서 시시각각 덮쳐오는 위협을 감당해야 할 것이다.

담배를 다 태운 뒤, 휴대폰을 다시 집어 들었다. 메시지를 적는 데 오래 걸리진 않았다. 전송 버튼을 눌렀고 잠시 뒤, 너희 아버지 손가락은 잘 붙었느냐고 묻는 메시지 옆의 숫자 1이 사라졌다. 선영의 등을 두드리던 선영 아버지의 흰 장갑을 낀 손을 떠올리며 자동차의 창문을 올려 닫았다. 창문을 올려 닫았다. 얼마 지나지 않아 시동이 꺼졌다. 차체의 떨림이 완전히 가라앉자, 몸이 떨리기 시작했다.

의자가 한 일

*

윤만수는 잠이 덜 깬 눈으로 어둑한 방 안을 둘러보았다. 너무 깊게 잠들었다 깬 탓인지 순간 자신이 어디에 누워 있는지 파악이 되지 않았다. 고개를 드니 발치 너머로 불빛이 새어 나오는 문틈이 보였다. 그렇다면 이곳은 작은 방이었다. 안방에 누워 있는 거라면 문은 왼쪽 어깨 너머에 있어야 했다. 곧이어 윤만수의 시야로 옆쪽 벽의 책꽂이와 두어 벌의 옷가지가 앙상하게 걸린 원목 행거 등 작은 방의 나머지 사물들이 들어왔다.

반년 전 금희가 세상을 떠난 뒤로 윤만수는 종종 안

방이 아닌 작은 방에서 잠을 잤다. 불을 끄고 안방 침대에 혼자 누워 있으면 어디선가 자신을 노려보는 듯한 시선이 느껴졌기 때문이었다. 눈을 질끈 감고 이불을 아무리 꼼꼼히 덮어도 윤만수의 피부 위를 직접 파고드는 것 같은 그 시선은 다음은 네 차례라고 말하는 것만 같았다. 등줄기가 서늘해지는 느낌을 무시하고 잠드는 날도 있었지만, 도무지 안 되겠다 싶은 날에는 베개를 들고 작은 방 침대에 가서 눕곤 했다. 작은 방은 두 딸이 독립하기 전에 쓰던 방으로, 이따금 집에 들르는 자식들을 위해 가구와 물건들을 모두 그대로 둔 상태였다. 금희까지 떠난 마당에 이사를 생각해 보지 않은 건 아니었다. 그러나 윤만수는 이 주택을 담보로 연금을 받고 있었고, 혼자서 집을 팔고 이사를 하는 그 난리법석을 떨 자신이 조금도 없었다.

윤만수는 똑바로 누워 팔다리의 관절을 조금씩 움직이며 일어날 준비를 했다. 이제는 몸이 부식된 부품처럼 쉽게 뻑뻑해졌으므로 천천히 일어나야 했다. 한 번에 몸을 일으켰다간 종일 시큰거리는 관절통과 뻐근한 근육통에 시달릴 수 있었다. 그런데 그 순간 문밖에서 와장창하는 소리가 들려왔고 윤만수는 깜짝 놀라 상체를 벌떡 일으켰다. 허리 부근의 통증을 제대로 느낄 겨를도 없이 생각 하나가 날아와 이마에 부딪혔다. 참, 아까 오전에 작은딸이 손주를 데리고 집에 왔었지. 낮잠을 자는 단우가 작은 방을 차지해 나는 안방에서 잠시 눈을 붙였고. 그때였다. 그런 일련의 생각들이 날아옴과 동시에 윤만수의 눈앞에 처음 보는 광경이 펼쳐졌다. 앞에 보이는 어둑한 공간이 여러 개의 작은 조각으로 나뉘더니 뒤집히기 시작한 것이다. 마치 카드 패가 뒤집히는 것 같았고, 그 속도가 얼마나 빠른지 공간이 마치 파도처럼 물결치는 듯 보였다. 패의 뒷면에는 안방이 있었다. 불빛이 새어 나오던 문은 삼단 서랍장으로, 책꽂이는 암막 커튼이 드리워진 창으로, 원목 행거가 놓여 있던 자리는 단단한 벽으로 바뀌었다. 마지막 조각까지 전부 뒤집히는 데는 시간이 별로 걸리지 않았다. 그렇게 단 몇 초 만에 작은 방이었던 공간이 안방이 되었다.

이게 뭐지? 윤만수는 아무 일 없었다는 듯 시침을 떼고 있는 안방을 멍하니 바라봤다. 방을 가르던 선은 모두 사라졌고 변화의 흔적은 아무것도 남아 있지 않았다. 심장이 빠르게 뛰었다. 고혈압 진단을 받은 후로 윤만수는 심박수가 오를 때마다 핏줄 어딘가가 압력을 견디지 못하고 터져 버리는 상상을 하곤 했는데, 그 순간에는 그런 상상도 떠오르지 않았다. 윤만수는 일식이나 월식 같은 천체의 운동을 보고 놀란 고대의 사람들처럼 두려운 시선으로 주변을 둘러보았다. 그리고 떨리는 손을 천천히 벽에 갖다 댔다. 그가 예상하고 기대했던 차갑고 견고한 촉감이 느껴지자 참았던 숨이 새어 나왔다. 헛것이라도 본 걸까. 그러나 잠이 덜 깼다거나 착각한 거라고 하기에 방금 그 모습은 너무나 생생했다.

윤만수는 최근 자신의 노화를 절감했다. 잇몸이 약해지며 치아가 시큰거리기 시작했고, 팔뚝 위론 검버섯이 점점이 피어났다. 조금 피곤하다 싶으면 머리가 지끈거렸고, 무릎을 굽히는 자세를 취하기 위해서는 심호흡을 단단히 해야 했다. 조금만 많이 먹어도 쉽게 탈이 나는 것과 배에 힘이 들어가지 않아 허리가 두툼해지는 건 이미 익숙한 일이었다.

씁쓸하긴 해도 윤만수는 이 모든 일을 별다른 저항 없이 받아들였다. 그렇다 하더라도 치매만큼은 겪고 싶지 않았다. 정신만큼은 흐려지고 싶지 않았다. 그런데 방금 눈앞에 나타난 일이 노화 때문일 수도 있다는, 뇌의 작동에 문제가 생겼기 때문일 수도 있다는 생각이 들자, 소름이 돋았다. 뒤통수에서 꼬리뼈로 이어지는 뼈 사이로 얼음장 같은 물이 흐르는 것 같았다.

하지만 생각할수록 이 일은 노화와는 관련이 없었다. 물론 몇몇 단어가 바로 생각나지 않고, 사소한 일정들을 뒤늦게 떠올린 적은 있지만, 그건 속도의 문제였을 뿐, 윤만수의 사고 자체가 오류를 일으킨 적은 없었다. 오히려 윤만수는 근래 자신의 정신이 인생의 어느 때보다 맑다고 느끼고 있었다. 거친 굴곡 위를 빠르게 흐를 땐 혼탁했던 물이 잠잠해지는 지점에 다다르면 맑아지는 것처럼, 인생의 속도가 느려지고 굴곡이 평탄해진 지금, 윤만수의 정신도 물처럼 맑아진 것 같았다.

이를테면 최근 윤만수는 다음과 같은 사실을 깨달았다. 그는 일평생 지출할 때마다 그게 윤만수 자신을 위한 것이든 아내나 딸들을 위한 것이든 어렵게 사는 사람들이 얼마나 많은데, 라고 말하거나 생각하며 지출이 무슨 몹쓸 짓이라도 되는 것처럼 굴었는데, 실제로는 자신이 어렵게 사는 사람들을 위해 기부는커녕 재난 구호 전화 한 통 건 적도, 구세군 냄비에 동전 한 닢 떨어뜨린 적도 없다는 사실을.

특별한 계기가 있어서 그런 사실을 떠올리는 건 아니었다. 머릿속에 불쑥 지난 일들이 떠올랐고, 다시 한 번 들여다보는 동안 그 일의 의미가 새로워지거나 선명해지는 식이었다. 생각이 한 생각에서 다른 생각으로 빠르게 넘어가지 못하고 한곳에 진득하게 머무르며 더 깊이 생각하게 된 덕분인 듯했다. 혹은 일부러 노력하지 않는 이상 종일 사람과는 대화 한마디도 나누지 않고 지나가는 날들이 이어지다 보니, 어쩌다 떠오른 기억 한 토막도 소중하게 느껴져 그런 건지도 몰랐다. 외로울 때면, 곤란하다고 느낄 만큼 외로워질 때면, 윤만수는 그렇게 소의 되새김질처럼 과거 속 일들을 다시 게워 내어 우물거렸다. 때론 역한 냄새가 올라왔지만, 어쨌건 외로움보다는 참을 만했다.

그래서 윤만수는 뇌의 노화를 의심하기보다는 만물을 의심하는 쪽을 택했다. 가구나 벽 등 눈에 보이는 것들이 실재하는 게 아닐지도 모른다는 의심을. 그저 모든 건 의식이 만들어 낸 건지도 모른다는 의심을. 윤만수의 이런 의심의 배경에는 지난밤 잠들기 전에 보왔던 유튜브 영상이 있었다. '우주의 본질은 의식'이라는 제목의 영상으로 어떤 알고리즘이 윤만수를 그 영상으로 이끌었는지는 알 수 없었지만 윤만수는 시간이나 때울 요량으로 우주 이미지의 섬네일을 클릭했다. 영상은 우주가 객관적인 실체가 아니라 의식이 만들어 낸 주관적인 상이라고 했다. 양자 역학과 불교의 일체유심조를 인용해 존재하는 모든 것은 의식의 산물이라고, 그렇기에 의식이 변하면 물질도 변한다고 설명했다. 영상 속 목소리는 말했다. "우리는 내가 의식한 대로 경험하고 생각한 대로 봅니다. 즉 경험하는 모든 것은 내가 만들어 낸 것입니다." 어제만 해도 윤만수는 그 영상을 헛소리라고 생각했지만, 지금은 마냥 그렇게 생각할 수 없었다. 조금 전 자신을 둘러싼 공간이 변해 버린 일을 다른 길로는 설명할 수 없었다. 자신이 작은 방에 있다고 생각했을 때는 정말 작은 방으로 보였다는 사실을.

왜 이런 일일수록 실제보다 더 실제같이 느껴지는 걸까. 윤만수 씨는 오히려 우주의 진실 한 가지를 알게 된 느낌이었다. 윤만수의 인지 능력이 떨어졌을 거라고 만만히 본 우주가 진실을 제대로 감추지 못하고 실수한 것 같았다. 의식을 물질로 만드는 과정을 인간이 눈치채지 못할 만큼 빠르게 진행해 오다가, 순간 방심해서 윤만수에게 들킨 것 같았다. 이게 날 만만히 봐? 나 아직 안 죽었어. 윤만수는 약간 의기양양해지기까지 했다. 하지만 그것도 잠시, 곧 자신에게 다음은 네 차례라고 말하는 시선이 드리워질지도 모른다는 생각에 서둘러 안방 문을 열고 나갔다.

"시끄러워서 깨셨어요?"

안방 문을 열고 나가니 주방에 있는 미선의 앞으로 온갖 반찬통이 와르르 쏟아져 나와 있었다. 이젠 싱크대 안에 있는 그릇까지 죄다 꺼내 씻을 모양이었다. 미선은 그새 집안을 싹 청소해 놓았다. 오전에 갑자기 방문하겠다는 미선의 전화를 받고 부랴부랴 집안을 치우긴 했지만, 그 바람에 잔뜩 피곤해져서 그렇게 곯아떨어진 것이었지만, 집안의 청결 상태가 미선의 성에 찰 리 없었다. 미선은 집에 발을 들여놓자마자 창문을 모두 열어젖히고 걸레를 빨아 구석구석을 닦고 살림살이를 정리했다. 그동안 뜸하게 찾아오면서도 저렇게까지 하진 않았는데 의아했다. 미선이 청소하는 모습에는 뭐랄까 공간에 대한 혐오가 깃들어 있는 것처럼 보였다. 이곳을 견디기 어려워하는 것처럼, 온 집안을 소독하고 표백해야만 직성이 풀릴 것처럼 보였다. 마치 금희가 살아 돌아온 것 같았다.

금희는 결벽이 있다고 할 만큼 깔끔한 사람이었다. 아침에 눈을 떠 밤에 잠들 때까지 손에서 집안일을 놓지 않았다. 잡지에 나오는 집처럼 집을 화려하게 꾸미거나 별식을 만들지는 않았지만, 언제나 집안을 깔끔하고 정돈된 상태로 유지했고 손수 지어 먹는 집밥만을 고집했다. 손은 느린 사람이었다. 걸레질도 칼질도 설거지도 천천히 오랜 시간에 걸쳐서 했다. 하지만 금희는 자신의 손 말고 다른 것은 믿지 않았다. 냉동식품과 간편식을 사지 않았고 식기세척기와 물걸레 청소기를 쓰지 않았다. 진공청소기와 세탁기는 사용했지만, 완전히 믿진 않았다. 진공청소기로 빨아들이지 못한 모서리의 먼지를 일일이 손걸레로 닦아냈고 세탁기에 돌린 빨랫감도 대야에 물을 받아 한 장 한 장 다시 헹궈 내야만 안심했다. 거의 종일 집안의 수도꼭지 중 하나에서는 물이 흐르고 있었는데, 본인이 생각해도 물을 너무 많이 쓴다고 생각했는지, 모든 수도의 수압을 약하게 줄여 놓고 썼다. 집안일을 최대한 오래 붙잡고 있는 금희의 모습은 마치 일거리가 동이 나는 걸 겁내는 것처럼 보였다. 더 손에 잡을 일이 없어지는 걸 걱정하는 것 같았다. 다행히 금희의 일거리에는 끝이 없었다. 유리창과 창틀까지 깨끗이 닦은 뒤라도 문제없었다. 먼지 낀 방충망이 있었으니까. 방충망을 꼼꼼히 닦는 동안에도 집안의 다른 구석구석엔 새로운 먼지가 쌓이고 있었으니까.

은퇴하고 집에 있는 시간이 많아진 윤만수가 금희 근처를 서성거리며 도와줄 거 없냐고 물을 때만큼은 금희의 손이 다급히 움직였다. "그냥 둬요. 괜히 일 망치지 말고." 금희는 이렇게 말하며 다듬고 있던 시금치 바구니를 자기 쪽으로 바짝 끌어당겼는데, 그 모습은 윤만수가 자기 일을 뺏어 가는 걸 두려워하는 것처럼 보이기도 했고, 자기 일에는 은퇴가 없다는 걸 자부하는 것처럼 보이기도 했다.

금희가 살아 있는 동안 윤만수가 집 안에서 알아서 할 수 있는 건, 아니, 알아서 해도 되는 건 별로 없었다. 윤만수가 입이 궁금해 주방을 기웃거리면 금희는 주방 출입을 막아서며 물었다. "왜요? 뭐 찾아요?" 그러고는 곧 밥때가 되니 아무것도 먹지 말라고 하거나, 당이 많은 음식을 먹지 못하도록 —그런 것을 집안에 애초에 두지도 않으면서— 사과를 깎아 주거나, 빚어서 얼려 둔 쑥떡을 꺼내 데워 주었다.

윤만수가 물을 마시려고 냉장고 문을 열기라도 하면 베란다에 있던 금희가 종종걸음으로 다가와 뭐 찾냐고 물으며 윤만수를 냉장고에서 물러나게 했다. 냉장고 문에는 한눈에 다 들어오지 않을 정도로 여러 개의 병이 빈틈없이 들어 있었는데, 각기 다른 농도의 갈색 액체가 담겨 있는 병들 가운데 무엇이 보리차인지 알아내려면 모험을 감수해야 했다. 오미자, 액젓, 식초, 매실액, 다시물, 보리차를 병의 표면만 보고 구별할 수 있는 사람은 금희뿐이었다. 금희는 냉장고에 있는 여러 개의 물병 중에 하나를 꺼내 주전자에 데운 다음 컵에 따라 주었다. 윤만수는 갈증이 나도 찬물을 마실 수 없었다. 금희는 찬물이 장기를 쪼그라들게 한다고 믿었다.

윤만수는 오로지 금희가 주는 것만 먹을 수 있었고, 금희가 허락하지 않은 건 먹을 수 없었지만, 딱히 불만을 표현하진 않았다. 고혈압에 이어 당뇨 초기 진단을 받은 후로는 금희 말을 들어 손해 볼 게 없다고 생각했다. 그냥 가만히 있는 게 도와주는 거라는, 당신이 뭘 한 줄 안다고 그러느냐는 금희의 말도 대수롭지 않게 넘겼다. 불만은커녕 누가 보면 아내에게 대접받고 산다며 부러움을 살 것이라고 여겼다. 하지만 이젠 알 수 있었다. 금희가 자신을 혼자서는 밥 한술 먹지 못하는 사람으로 만들었다는 것을, 물 한 잔도 알아서 마시지 못하는 사람으로 취급했다는 것을. 금희의 말과 태도에서 풍겨 오던 정체불명의 냄새가 멸시의 냄새였다는 것을.

건강을 세상 제일의 가치로 꼽으며 집밥을 고집하던 금희는 자궁암으로 세상을 등졌다. 병을 알았을 땐 상당히 진행된 상태였고, 판정의 충격이 가시기도 전에 눈을 감았다. 금희는 병원이 싫다며 집에서 마지막을 맞았다. 외출하고 집에 돌아온 윤만수는 숨져 있는 금희를 발견했다. 안방에는 금희가 고통에 몸부림치던 흔적이 고스란히 남아 있었다. 모친의 죽음에 딸들의 충격은 컸다. 작은딸인 미선은 장례식장에서 졸도했다. 둘째 임신 삼 개월 차였다. 장례식장이 이미 죽은 사람에 대한 애도보다, 아직 태어나지 않은 아이에 대한 걱정으로 잠시 술렁였다. 윤만수도 가슴을 졸였다.

그때는 괜찮았지만, 장례식을 마친 2주 뒤 미선은 결국 유산했다. 큰딸은 장례 절차가 마무리되자마자 다니던 회사에 사표를 내고 지방의 다른 회사로 이직했다. 윤만수는 자신을 바라보는 두 딸의 시선에서 처치 곤란함을 읽었다. 윤만수가 먼저 말했다. 내 걱정은 할 거 없다고. 나 혼자 지낼 수 있다고.

하지만 윤만수는 곧 자신의 상태를 알게 되었다. 식사 수준이 현저히 떨어지고, 청결 상태가 낮아지는 것쯤이야 예상할 수 있었지만, 자기 손으로 직접 끼니를 준비하고 치우면서 느끼는 굴욕감만큼은 당황스러웠다. 누군가 주방에서 종종거리고 있는 자신을 본다면 비웃음을 터뜨릴 것 같았다. 특히 딸들에게 살림하는 모습을 보이는 상상만으로도 식은땀이 났다.

윤만수의 염려와 다르게 딸들은 윤만수를 잘 방문하지 않았다. 전화도 거의 하지 않았다. 그동안 딸들은 금희를 통해 부모의 안부를 확인했고 윤만수도 금희를 통해 딸들의 안부를 확인했다. 윤만수는 그게 섭섭하거나 아쉽지 않았다. 금희가 부모를 대표하는 거라고 생각했다.

하지만 이제는 상황이 달랐다. 딸과 윤만수를 이어주던 금희가 없었다. 딸들과 통화하지 않은 지 한 달쯤 됐을 무렵 윤만수는 딸들에게 전화를 걸었다. 큰딸은 전화를 받지 않았다. 그나마 가끔 손주 소식을 들려주는 작은딸은 전화를 받았다.

"왜 이렇게 전화가 없어?"

윤만수의 물음에 미선은 그게 무슨 말이냐는 듯 네? 하고 소리쳤다.

"단우는?"

윤만수가 재차 물었다.

"지금 낮잠 자요. 근데 무슨 일 있으세요?"

"무슨 일이 있는 게 아니라, 통 전화가 없으니까 하는 말이다. 자식이면 부모한테 전화를 해야지. 어?"

수화기 너머 정적이 흘렀다. 윤만수가 휴대폰에서 얼굴을 떼고 통화 연결 상태를 확인한 뒤 물었다.

"안 들려?"

미선이 침묵을 깨고 가라앉은 목소리로 말했다.

"아빠랑 저랑 할 말이 뭐가 있다고요."

이번에는 윤만수 쪽에서 말이 없었다. 미선은 머뭇거리다가 말했다.

"무슨 일 있으면 전화하세요. 제가 아빠 전화를 안 받는 건 아니잖아요."

하지만 윤만수에게 무슨 일 같은 건 일어나지 않았다. 아무런 일도 일어나지 않는 나날들만 이어졌다. 어제가 오늘 같고, 어제가 오늘 같은 나날이었다. 윤만수는 상상했다. 딸에게 전화를 걸어, 아무 일도 없다, 아무 일도 없는 일이 일어나서 전화했다고 말하는 상상을 했다. 그만큼 윤만수도 딸들과 할 얘기가 없었다. 어쩌다 딸들과 통화하게 되더라도 할 말이 없어 어색한 목소리로 어어, 응응, 그래, 알았다고 말하는 게 하는 통화의 전부였다. 하지만 딸들에게서 전화가 오지 않는 날들이 길어지면 고약한 기분에 휩싸이는 건 어쩔 수 없었다. 윤만수는 먼저 전화를 걸고 싶지 않았다. 윤만수는 안부 인사를 듣고 싶은 거지, 안부를 묻고 싶은 게 아니었다.

한번 이런 일이 있긴 했다. 운동 삼아 천변을 걷다가 쓰러질 뻔한 적이 있다. 뜨거운 햇볕을 너무 오래 쬔 탓인지 갑자기 눈앞이 휭 돌아 쓰러지듯 벤치에 주저앉았다. 뒤이어 가슴이 조여들면서 헛구역질이 올라왔다. 땀이 비 오듯 흘렀고 뇌가 두개골 안에서 풍선처럼 부풀었다 쪼그라들기를 반복하는 느낌이 들었다. 이러다 큰일 나겠구나. 이러다 큰일나겠어. 윤만수는 생각했고, 이러다 큰일 나겠다고 인지하는 걸 보니 진짜 큰일은 아니라며, 자신을 추슬렀다. 다행히 지나가던 청년이 윤만수를 그냥 지나치지 않았다.

"어르신, 괜찮으세요?"

운동복을 입은 청년이 건네준 물을 마시고 남은 물을 수건에 적셔 이마에 얹자, 기운이 조금 돌아왔다. 청년이 119를 부르는 게 어떻겠냐고 했지만, 윤만수는 조금만 쉬면 괜찮을 것 같다고 그러지 말라고 했다. 안 그래도 가슴이 벌렁벌렁한데 더 일을 벌리고 싶지 않았다. 겨우겨우 집에 돌아와 누우면서 윤만수는 무슨 일 있으면 전화하라던 미선의 말을 떠올렸다. 이게 전화할 만큼의 '무슨' 일인지 잠시 고민해 보던 윤만수는 고개를 저었다. 무슨 일 있으면 전화하라는 미선의 말이 되도록이면 전화하지 말란 뜻이라는 걸 문득 알 수 있었다. 지금은 뭐 더 해결할 '무슨' 일은 사라졌고, 가시지 않은 건 무서움뿐이었는데, 그 무서움을 미선에게 말할 순 없었다.

그래서 토요일인 오늘 아침 미선이 전화를 걸어 이

따가 방문할 거라고 했을 때, 윤만수는 반갑기보다는 당혹스러웠다. 갑자기 왜 온다는 거지. 아무리 따져봐도 오늘은 아무 날도 아니었다. 미선이 용건을 말해 주길 바라 윤만수는 어어, 하고만 말한 뒤 가만히 미선의 말을 기다렸다. 하지만 미선은 침묵으로 일관했다. 결국 정적을 견디다 못한 윤만수가 먼저 말했다.

"단우 데리고 오냐?"

손주를 볼 수 있다는 것만큼은 반가운 일이었다.

윤만수는 단우가 들고 온 장난감 소방차를 뒤로 여러 번 구른 뒤 내려놓았다. 경광등을 빛내며 앞으로 굴러가는 소방차를 단우가 짧고 통통한 다리로 종종거리며 쫓았다.

"출동합니다. 삐용삐용. 단우가 불 꺼 드리겠습니다."

언제 이렇게 말이 는 걸까. 갓 세 돌이 넘은 단우는 자기 하고 싶은 말은 다 하는 것 같았다. 윤만수는 미선을 향해 단우가 말이 많이 늘었다고 말했다. 미선은 행주를 쥔 손을 놀리며 성의 없이 고개를 끄덕이더니 식탁 위에서 진동하는 휴대폰을 집어 들었다가 진동을 죽인 뒤 내려놓았다. 무슨 전환데 안 받냐고 물어보려는데 단우가 윤만수 앞에 다가와 소방차를 내밀었다.

"할부지, 또 출동시켜 줘. 또."

단우가 또랑또랑한 눈으로 윤만수를 올려다보고 있었다. 아이구, 내 강아지 소리가 절로 나왔다. 윤만수는 단우를 볼 때마다 자기 핏줄이라는 걸 느꼈다. 사내아이라서 그런 것일까. 두 딸을 키울 때는 느끼지 못했던 느낌을 단우를 볼 땐 느낄 수 있었다. 단우는 생김새도 틀림없이 외탁이었다. 쌍꺼풀진 눈, 뒤통수 골을 따라 길게 이어진 제비초리, 두툼한 귓불, 윤만수는 자신과 닮은 점들을 하나씩 짚어 보고는 단우의 머리를 쓰다듬었다. 모든 게 의식이 만들어 낸 것이라니, 내 의식이 이런 멋진 놈을 만들어 냈단 말인가, 정말이지 보기만 해도 흡족했다.

윤만수는 이번엔 좀 더 여러 번 소방차 바퀴를 굴렸다. 소방차가 아까보다 힘차게 앞으로 굴러갔다. 윤만수는 신이 나서 소방차를 쫓아가는 단우를 보다가 조심하라고 소리쳤지만, 단우는 결국 식탁 의자에 다리가 걸려 넘어졌다. 윤만수는 깜짝 놀라 몸을 일으켰다. 식탁 근처에 있던 미선이 먼저 단우에게 다가갔다. 윤만수는 다시 자리에 앉으며 울음을 터뜨리는 단우의 얼굴을 바라보았다. 두 눈을 질끈 감고 입을 크게 벌린 채 아픔과 서러움을 남김없이 드러내는 표정, 저런 생생한 표정은 참으로 오랜만이었다. 감정을 있는 그대로 드러내는 표정, 다른 사람 눈치 보지 않는 표정, 바깥을 향해 활짝 열려 있는 표정. 근래 윤만수의 생활 반경에서는 쉽게 볼 수 없는 표정이었다.

"앞을 잘 보고 다녀야지!"

단우의 무릎을 살피는 미선의 목소리에는 얼마간 신경질이 담겨 있었다.

"의자 나빠!"

단우가 분하다는 듯 손바닥으로 의자를 내리쳤다. 그러곤 손이 아픈지 더 크게 울음을 터뜨렸다.

"왜 애꿎은 의자를 때려? 네가 잘못해 놓고선."

미선이 말했다.

"아니야. 단우가 안 그랬어. 의자가 단우 넘어지게 했어!"

"자꾸 엉뚱한 소리 할래? 네가 걸려 넘어진 거지. 뭘 의자가 해?"

"단우가 안 했다고. 의자가 한 거라고!"

미선의 다그침에도 단우는 지지 않고 대답했다.

"단우 말이 맞다. 의자가 그랬어."

가만히 지켜보던 윤만수가 입을 열었다. 윤만수의 말에 단우는 울음을 삼키며 의자로 다가가는 제 할아버지의 모습을 바라봤다. 미선도 단우의 무릎을 문지르던 손을 멈추고 윤만수에게 시선을 고정했다.

"할아버지가 봤다. 의자가 그러는 거."

윤만수가 손바닥으로 의자를 내리치며 말했다.

"이놈의 의자, 왜 우리 단우를 아프게 해. 어디 혼 좀 나 보자."

어찌나 세게 내리치는지 윤만수의 손바닥이 의자에 닿을 때마다 쩍쩍 소리가 났다.

"할아버지가 요놈 했다. 혼내 줬어."

그러자 단우의 얼굴에 언제 울었냐는 듯 미소가 떠올랐다. 그러나 곧장 미선의 날카로운 목소리가 날아들었다.

"그렇게 하시면 안 돼요."

윤만수는 어리둥절한 얼굴로 미선을 바라봤다.

"자기 잘못을 남 탓으로 돌리게 가르치는 거잖아요."

"정말이다. 의자가 그랬어. 내가 봤다. 우리 단우가 잘못한 게 아니야."

단우가 쪼르르 윤만수에게로 다가와 안겼다. 미선의 얼굴은 윤만수가 생각하기에는 좀 과한 분노로 상기되어 있었다.

"자기 잘못을 인정하게 가르쳐야지, 아버지는 그렇게……."

미선은 얼굴이 붉어진 채 뭔가 더 말하려다가 그만두었다. 단우가 미선의 옷자락을 흔들며 밴드를 찾았다. 단우의 무릎은 약간 붉어졌을 뿐 상처는 나지 않았지만, 단우는 꼭 밴드를 붙여야 한다고 했다. 윤만수의 집에 밴드는 없었고, 서랍을 뒤진 결과 거즈와 면 반창고를 찾아낼 수 있었다. 찾아낸 거즈와 반창고를 미선에게 건네는데 휴대 전화 벨 소리가 울렸다. 예고하고 울리는 전화벨은 없지만, 어쩐지 난데없는 소리로 여겨져 윤만수는 놀라 어깨를 들썩거렸다. 소파 틈에 끼어 있던 휴대 전화를 들고 통화 버튼을 누르자 수화기 너머로 우렁우렁한 태호의 목소리가 흘러나왔다.

"장인어른, 잘 지내시죠? 저도 같이 찾아봬야 하는데, 요즘 회사에 일이 많아서, 죄송하게 됐습니다."

미선의 남편은 넉살이 좋았다. 비위 좋게 구는 태호의 기세에 윤만수는 매번 눌리는 듯한 느낌을 받았다.

"바쁜데 괜찮네. 신경 쓰지 말고 일 봐."

"장인어른 안 그래도 혼자 계신 거 마음 쓰였는데, 애 엄마가 친정에 다녀온다길래, 잘 생각했다고 했어요. 건강은 괜찮으시죠?"

"그럼 괜찮지."

"다행이네요. 애 엄마는 요즘 좀 예민한 거 같더라고요."

"그래?"

"이상한 말 해도 잘 좀 달래 주세요. 아무튼 장인어른, 아침저녁으로 쌀쌀해지는데 건강 조심하시고요. 저는 이만 들어가 보겠습니다."

"그래, 일 보게."

전화가 끊겼다. 거즈로 칭칭 감싼 단우의 무릎은 크게 다친 것처럼 보였다. 처치를 마무리하고 일어서는 미선의 얼굴은 흙빛이 되어 있었다. 요즘 좀 예민하다고 하더니 어딘가 심상치 않아 보였다.

"저 잠시 좀 나갔다 올게요."

미선이 말했다.

"갑자기 어딜 가? 단우는 어쩌고?"

"잠깐이면 돼요."

윤만수가 뭐라 더 말하기도 전에 미선은 외투와 가방을 챙겨 들었다. 윤만수는 덜컥 걱정이 앞섰다. 나 혼자 아이를 보라니. 자신 없었다. 하지만 돌풍에 휩쓸려 가는 듯한 미선의 기세를 말리진 못했다. 미선은 구두를 신은 뒤 윤만수를 돌아보며 말했다.

"제가 아버지에게 뭐 부탁한 적 없는 거 아시죠?"

윤만수도 알고 있었다. 그래서 더 당황스러웠다. 작은딸, 자라는 내내 뭐 해 달라는 말이 없던 아이, 뭐든 혼자 알아서 하던 아이. 그래서 언제나 멀게 느껴지던 아이, 남처럼 느껴지던 아이가 내게 부탁을 하고 있었다. 알 수 없는 낯선 느낌이 윤만수의 뒷골에 흘렀다. 윤만수는 미선에게 한 발짝 다가서며 물었다.

"언제부터 그런 거냐?"

"네? 뭘요?"

미선이 나가려던 동작을 멈추고 눈을 크게 떴다.

"언제부터 나를 아버지라고 불렀냐? 원래는 아빠라고 했던 거 같은데."

미선은 현관 손잡이를 잡은 채로 눈만 몇 번 깜빡이더니 다녀올게요, 하고 밖으로 나갔다. 문이 쾅 닫혔고 단우가 다시 울먹거리기 시작했다.

미선은 착한 아이였다. 하고 싶은 것은 누가 뭐라 해도 했던 큰애와 달리 작은애는 하지 말라는 건 하지 않고, 하라는 것은 하는 아이였다. 중학생 때는 공부를 곧잘 해서 좋은 고등학교에 들어갔다. 비록 고등학교에 들어가서는 평범한 아이가 됐지만. 평범, 그래, 윤만수는 미선이 평범하다고 생각했고 그것도 나쁘지 않다고 여겼다. 그러나 금희의 생각은 달랐던 것 같다. 고등학교 2학년 때인가. 미선이 담배를 피우는 것 같다고 금희가 의심한 적이 있었다. 미선의 가방 안주머니에서 라이터를 발견했다고 했다.

아니라고, 자기는 절대 담배를 피우지 않는다고 미선이 말했지만 소용없었다. 금희는 그럴 리 없다며, 거짓말 말라며 미선의 가방을 수시로 검사했고, 외출하고 돌아올 때마다 옷과 머리카락에 배인 냄새를 확인했다. 윤만수가 보기에 금희가 벌이고 있는 이 소동은 미선이 담배 피우는 꼴을 보여야만 끝날 것 같았다. 금희가 마침내, 그래 그럴 줄 알았어, 하게 될 때까지. 금희가 믿고 싶은 진실은 무엇일까. 금희의 집착은 지켜보는 사람을 혼란스럽게 만들었다.

"당신 대체 뭘 믿고 싶은 거야? 애가 아니라고 하잖아!"

참지 못하고 던진 윤만수의 말에 금희는 발작하듯 소리쳤다.

"진실을 누가 알겠어요? 안 그래요? 모르는 거잖아요? 속이려면 얼마든지 속일 수 있는데!"

금희의 말투가 마치 윤만수의 어떤 진실을 두고 추궁하는 것처럼 느껴져 윤만수는 더 말을 보태지 않았다. 미선은 버텼다. 여러 번 울고 짜증을 내긴 했지만, 결정적인 증거를 찾아내지 못한 금희가 결국 제풀에 지쳐 그만둘 때까지 담배를 피우지 않고, 혹은 들키지 않고—금희 말대로 모르는 일이지 않는가—버텨 냈다. 그리고 그런 금희를 두둔했다. 원망을 들은 건 오히려 윤만수였다.

"아빠, 엄마한테 뭐라고 하지 마세요."

지난 일을 돌이켜 보니 문득 깨닫게 되는 사실이 있었다. 집 안에 놓인 정물처럼 살던 금희가 그때만큼은 바락바락 살아 있는 것처럼 보였다는 것을. 금희가 어떤 열망을 참고 살았다는 것을. 단정하고 조용하게 살림만 하던 그 여자의 모습을 지켜보는 마음이 개운치 않았던 이유가 또렷해지기 시작했다. 금희는 가슴에 품은 게 있었고 그것을 억누르며 살았던 거다. 그걸 억누르느라 매일 그렇게 주방에서 종종거렸던 것이다. 그러니까 금희는 사는 내내 항의하고 있었던 거였다. 나는 참고 산다, 나는 이렇게 참고 살아. 그런데 너희들은? 너희들은 감히 참지 않고 살아?

무얼까. 금희가 참았던 것은. 윤만수는 죽은 금희의 어깨를 흔들어 깨워 묻고 싶었다. 만약 금희가 대답할 수 있다면 어떤 말을 할까. "무슨 소리예요? 당신? 나는 그런 거 하나 없어요." 정말이지 결백하다는 투로 영문 모르겠다는 표정을 짓는 금희의 얼굴만은 쉽게 떠올랐다.

"울지 말어. 응? 울지 말어."

윤만수는 구슬처럼 맺히는 단우의 눈물을 닦으며 달랬다. 하지만 단우는 좀처럼 울음을 그치지 않았다.

"울음이 나는데 어떻게 울지 마요."

울면서도 할 말은 다 하는 단우의 모습이 얄밉도록 귀여웠다. 시간이 흘러 저녁 7시가 넘었지만, 미선은 돌아오지 않고 있었다. 전화를 걸어도 신호음만 길게 이어졌다. 윤만수는 복잡한 마음을 뒤로 하고 단우에게 먹일 것을 찾았다. 단우가 먹을 만한 건 반찬 없을 때 먹으려고 쟁여 두었지만, 영 손이 가지 않아 찬장 구석에 밀어 놓았던 3분 짜장뿐이었다. 다행히 유통 기한이 두어 달 남아 있었다.

단우는 밥 먹기에 앞서 만화를 틀어 달라고 했다. 윤만수는 채널을 돌린 끝에 만화 채널을 찾았다. 단우는 최면이라도 걸린 것처럼 영상 속으로 빠져들었다. 정신이 딴 데 가 있는 아이의 몸에 밥을 집어넣는 일은 서글프고 고됐다. 아이 입에 밥이 들어가게 하는 게 이렇게 어려운 일이라니. 사람이라면 배가 고프기 마련이고 자연히 먹게 되는 줄 알았는데 아이는 달랐다. 아, 해야지 아, 하느라 윤만수의 턱이 아플 지경이었다.

단우가 티브이에 정신이 팔려 있는 동안 윤만수는 짜장 소스와 밥풀로 어질러진 식탁을 치웠다. 미선이 빨리 돌아오길 바랐지만, 자신이 주방에서 종종거리고 있을 때만큼은 돌아오지 않았으면 싶었다.

서둘러 정리를 마치고 거실을 돌아보니 단우가 티브이 앞에 모로 누워 잠들어 있었다. 단우를 안아 올리는데 제법 무거워 다리가 후들거렸다. 안방 침대에 눕힌 단우가 깰 것처럼 뒤척였고 윤만수는 제발 다시 자라고 중얼거리며 단우의 등을 토닥였다. 겨우 다시 잠든 단우를 바라보며 미선에게 다시 전화를 걸었다. 이번에도 신호음만 이어졌다. 애를 놔두고 대체 뭐 하는 건지, 불쑥 화가 솟는 것도 잠시, 어쩐지 불길한 느낌이 들었는데 윤만수는 그것을 안방 때문이라고 생각했다. 서둘러 안방 밖으로 나와 소파에 앉자 허기와 피곤이 몰려왔다. 허리가 쑤셨고 머리가 지끈거렸다. 잠시 쉴 생각이었는데 윤만수 역시 최면에 빠지듯 잠 속으로 빠져들었다.

문득 잠에서 깼을 땐 주방 등과 거실 등이 꺼져 있었다. 식탁 등만 홀로 켜져 있었는데 가스레인지 앞에 서 있는 사람의 실루엣에 심장이 덜컥 심장이 내려앉았다. 윤만수는 순간 금희가 서 있는 줄 알았다.

"네 엄마가 살아 돌아온 줄 알았다."

윤만수가 식탁 쪽으로 다가가며 미선에게 말했다. 공기를 어지럽게 뒤흔드는 것의 정체는 주방 후드 돌아가는 소리였다. 미선은 물고 있던 전자 담배에서 입을 떼고 물었다.

"제가 엄마 같나요?"

후드 쪽으로 빨려 들어가는 흰 연기가 미선의 입에서 빠져나온 혼의 일부처럼 보였다. 윤만수는 깊은 한숨을 내쉬었다. 역시 금희의 짐작이 맞았던 것일까.

"당장 끄지 못해?"

미선은 윤만수의 말에 아랑곳하지 않고 말했다.

"엄마처럼은 살지 않겠다고 다짐했는데 결국 엄마처럼 보이나 봐요, 제가?"

"뭐라는 거냐?"

미선은 담배를 한 모금 더 빤 뒤 후드를 끄고 식탁 앞으로 다가왔다. 식탁 위 비닐봉지 속에는 소주가 들어 있었다.

"한잔하세요, 아버지. 실은 오늘 저 아버지랑 한잔하고 싶어서 온 거예요."

그렇게 말하는 미선의 날숨에선 이미 술 냄새가 훅 풍겼다. 윤만수는 참았던 화를 터뜨렸다.

"술 마신다고 나갔던 거냐? 제정신이야?"

윤만수는 처음 보는 미선의 모습에 화가 나는 것을 넘어 당황스러울 지경이었다. 미선은 잔에 술을 따랐고, 윤만수는 미선이 내민 잔을 바라보다 단숨에 들이

켰다. 빈속에 들어간 술에 속이 확 타오르면서 머리가 아찔했다.

미선은 반쯤 풀린 눈으로 식탁 앞에 마주 앉은 윤만수의 얼굴을 물끄러미 바라보았다. 집요했지만 한편으로는 텅 비어 있는 것 같은 시선이었다. 마치 윤만수를 직접 대면하고 있는 게 아니라, 사진이나 정물을 보는 것 같은 눈빛이었다. 미선은 혼잣말처럼 중얼거렸다.

"결국 아빠 같은 사람을 만난 거였어. 아빠 같은 사람만 아니면 된다고 생각했는데."

"뭐라고?"

미선은 꼬인 혀로 두서없는 말을 늘어놓았다. 자신은 엄마처럼 그렇게 살 수 없을 것 같다고, 엄마가 얼마나 힘들었을지 이제는 알 것 같다고 말했는데, 윤만수는 도통 알아들을 수가 없었다. 이해할 수 없는 말을 듣는 게 괴로워 윤만수는 미선의 말을 끊으려 했다. 취했으면 들어가서 잠이나 자라고 했다. 그러나 미선은 계속 말했다. 윤만수가 알아듣든 못 듣든 상관없다는 듯이, 오직 말하는 것만이 중요하다는 듯이.

"아버지는 왜 그러셨어요? 그러고도 아무렇지 않

게 살아지던가요?"

"알아듣게 말해라. 대체 뭔 소리냐?"

"왜 못 알아들으세요? 왜요?" 미선이 말했다. "아, 알겠다. 아버진 원래 듣고 싶은 것만 듣고 보고 싶은 것만 보시지."

"이게 보자 보자 하니까!"

윤만수가 더는 참지 못하고 식탁을 내리치며 일어났다. 그러나 마치 이쪽 세상이 하나 더 있는 것처럼 집 안을 고스란히 비추고 있는 깜깜한 거실 창을 마주한 순간 또다시 깨달음이 찾아왔다. 맑은 물에 은어 떼가 헤엄쳐 들어오듯 깨달음이 윤만수의 몸속으로 흘러 들어왔다. 윤만수의 입에서 낮은 탄식이 흘러나왔다.

윤만수의 기억은 20년 가까이 거슬러 올라갔다. 떠올려 본 지도 오래되어 그게 정말 자신의 과거였나 의심이 들 만큼 아득한 일이었다. 세부적인 기억은 희미하나 강렬했던 감정만큼은 어렵지 않게 떠올랐다. 쳇바퀴 돌 듯 무력하고 답답한 일상에 그제야 숨통이 트이는 것 같았지. 흥분은 물론이고 두려움조차 살아 있다는 자극이 됐었어. 하, 그래. 그 사람을 만나며 쓰는 돈은 아깝다는 생각도 들지 않았었다. 이따금 부끄러움 같은 게 고개를 들긴 했지만, 그럴수록 윤만수는 내가 뭘 잘못했냐고 속으로 외치곤 했었다.

의식이 줄곧 외면하고 있던 기억이었기에 윤만수는 오고 싶지 않은 곳에 억지로 끌려온 것처럼 기분이 거북했다. 그런데 그걸 미선이 어떻게 아는 걸까. 그 관계는 아무도 모르게 끝났었는데. 타올랐던 열정도 사그라들고 모든 게 지겨워질 때쯤 끝났었는데. 그 관계를 아는 사람은 아무도 없는데. 그렇다면 금희도 알고 알았을까. 심장이 요란하게 쿵쿵 뛰었다. 거의 다 맞춘 퍼즐이 일제히 무너지는 것도 같았고, 마지막 퍼즐 한 조각이 맞춰지는 것도 같았다.

"무슨 소리 하는지 난 모르겠다."

윤만수는 반사적으로 시침을 뗐다. 미선은 기가 막힌 듯 헛웃음을 지었다.

"아시잖아요. 아버지."

윤만수는 시선 둘 곳을 찾지 못하고 고개를 흔들었다. 미선이 작심한 듯 말했다.

"여자를 만나요. 그 사람이. 아버지가 예전에 그랬던 것처럼."

"사실이야? 제대로 알고 하는 말 맞아?"

윤만수는 그렇게 말하고 미선의 얼굴을 힐끔 살폈다. 미선의 눈에 매서운 분노가 번득이고 있었다.

"당장 이 서방한테 전화 걸어라."

윤만수가 일어나 휴대폰을 찾았다.

"뭐라고 하시게요? 아버지한테 그 사람한테 뭐라고 할 자격이 있다고 생각하세요?"

미선이 다시 고개를 빳빳이 들고 말했다.

"당장 그만두게 해야지!"

윤만수는 가쁜 숨을 몰아쉬며 말했다. 물론 윤만수도 쉽게 그만둔 건 아니었다. 담배나 도박을 끊는 것처럼 시행착오가 있었다. 불쑥불쑥 튀어 오르던 충동이 낡은 고무줄처럼 탄성을 잃고 느슨해질 때까지. 자신 안의 무언가가 소모될 때까지 끝내지 못했었다. 그게 누가 말린다고 말려지는 게 아니라는 건 윤만수 자신이 잘 알고 있었다. 윤만수는 다리에 힘이 풀려 다시 소파에 주저앉았다.

"이제라도 인정하시고 잘못했다고 말씀하세요."

미선이 울렁대는 목울대를 누르며 말했다. 그러나 윤만수는 죽어도 그 말은 못 할 거 같았다. 목구멍에 걸린 칼처럼 그 말을 내뱉는다면 자신이 사라져 버릴 것 같았다. 끝까지 부정하면 없던 일이 될지도 모르지 않은가.

"난 잘못한 거 없다."

"역시, 역시 못 하시는구나."

미선은 또다시 허공을 보며 중얼거렸다.

"저 좀 도와주시지, 내 마음 좀 도와주시지, 끝까지 안 해 주시네."

한동안 웃는 듯 우는 듯 식탁을 붙들고 어깨를 들썩이던 미선은 일어나 외투와 가방을 챙겼다. 그래, 어서 가라. 윤만수는 미선이 눈에 보이지 않아야 진정이 될 것 같았다.

"애는 자니까 내일 데려가."

윤만수의 말에 미선은 가망 없는 것을 바라보는 시선으로 잠시 그를 응시했다.

미선이 나간 뒤 윤만수는 안방으로 들어갔다. 기분이 엉망진창이었고 단우의 얼굴을 보면 좀 나아질 것 같았다. 그런데 안방 침대 위가 허전했다. 손으로 어둑한 침대 위를 더듬는데 아무것도 잡히지 않았다. 애가 어디 간 걸까. 혹시 바닥에 떨어진 걸까. 철렁 내려앉는 가슴을 부여잡으며 형광등을 스위치를 올리고 다른 쪽 바닥을 살폈지만, 바닥에도 아이는 없었다. 윤만수는 안방 밖으로 나와 집안을 살폈다. 대체 어떻게 된 걸까. 베란다도 뒤지고 장롱문도 열어 보았지만, 단우는 어디에도 없었다. 단우야, 단우야. 윤만수는 여러 차례 단우를 불렀다. 그런데 이상하게도 반복해 부를수록 이름이 낯설어졌다. 이 세상에 없는 존재의 이름을 부르는 듯한 기분이 들었다. 미선이 했던 말이 귓가에 울렸다. 윤만수가 보고 싶은 것만 보고 산다는 말.

그 순간이었다. 거실을 가로지르던 윤만수의 몸이 휘청거렸다. 발에 뭔가 걸린 듯했고 주체할 틈 없이 몸이 바닥으로 고꾸라졌다. 윤만수는 신음을 삼키며 옆을 바라봤다. 흐릿한 시야 앞에 의자가 놓여 있었다. 왜 의자가 여기에 있을까. 의자가 일부러 자기 발을 걸어 넘어뜨렸다는 생각이 들 만큼 어처구니가 없었다. 윤만수는 신경질을 부리며 팔로 의자 다리를 후려쳤다. 그러자 의자가 기우뚱하며 윤만수의 허리 위로 쓰러졌다. 퍽 하는 소리와 함께 날카로운 통증이 하체로 뻗어나갔다. 한동안은 아무 생각도 할 수 없었다. 그러다 정신을 차리고 몸을 일으켜 보려 했지만, 허리를 칼로

쑤시는 듯한 통증에 몸을 세울 수 없었다.

119를 불러야 했다. 휴대폰을 어디에 뒀더라. 아까 단우를 재우며 침대 머리맡에 둔 게 마지막이었다. 윤만수는 팔로 기어 안방으로 향했다. 끙끙거린 끝에 침대 옆에 도착하자 온몸이 땀으로 젖었다. 겨우 몸을 돌려 바닥에 등을 대고 누워 숨을 몰아쉬었다. 잠시 쉬면서 침대 위로 손을 뻗어 올릴 힘을 모아야 했다.

그때였다. 왔어? 하는 시선이 윤만수의 몸 위로 드리워졌다. 천장을 찢고 나타난 그 시선은 눈을 질끈 감아도 눈꺼풀을 찢고 들어왔다. 이제 당신 차례라고 했잖아. 그러자 가슴이 조여들면서 숨이 잘 쉬어지지 않았다. 윤만수는 안방 밖으로 나가려고 몸을 틀어 보았지만 무언가가 몸 위에 올라탄 것처럼 꼼짝도 할 수 없었다. 할 수 있는 건 한가지 뿐이었다. 이곳이 안방이 아니라고 생각하는 것, 눈앞에 보이는 안방을 허상이라고 생각하는 것, 그래서 아까처럼, 그러나 이번엔 반대로, 안방을 작은 방으로 바꾸어 보려는 것밖에는 할 수 없었다. 지금이야말로 보고 싶은 대로 보고 듣고 싶은 대로 들어야 할 때였다.

그러나 안방에는 아무 변화도 일어나지 않았다. 눈

을 질끈 감았다 뜨길 반복해도 공간엔 실금 하나 그어지지 않았다. 아무리 이곳을 작은방이라고 생각해도 소용없는 일이었다. 왜냐하면 윤만수의 몸으로 그가 간절히 원하는 숨 대신에, 아까의 일은 그저 망상에 불과했다는 깨달음만 또 한 번 흘러들었기 때문이었다. 숨통을 꽉 채우는 기세로 흘러들어 오는 그 깨달음은 숨이 들어올 빈틈을 조금도 남겨 두지 않을 만큼 크고 묵직했다. 저 의자 때문이라고, 윤만수는 그 순간에도 그렇게 말하고 싶었지만, 안방에는 컥컥, 그의 숨넘어가는 소리만 울려 퍼졌다.

사탕이 녹을 때까지

*

그의 몸이 멈추었다. 열차가 들어오니 한 걸음 물러나라는 안내 방송에 따라 왼발을 조금 뒤로 옮긴 게 그날 아침 그의 마지막 움직임이었다. 스크린 도어 앞에 서 있는 그의 뒤로는 사람들의 긴 줄이 이어져 있었다. 곧 지하철이 선로와 마찰을 일으키며 플랫폼으로 들어왔다. 출입문이 열리며 다섯 명의 사람이 봉제선이 터져 삐져나오는 솜처럼 열차 밖으로 나왔지만, 지하철 안은 여전히 빽빽했다. 그의 바로 뒤에 선 학생이 가방끈을 단단히 움켜쥐며 그가 안으로 들어가길 기다렸다. 그러나 그는 움직이지 못했다. 우뚝 선 채 사람들로 꽉 찬 지하철 내부를 바라보며 서 있기만 했다. 기다리다 못한 학생이 그를 힐끔거리며 안으로 먼저 들어갔다. 그러자 나머지 사람들도 지하철 안으로 몸을 밀어 넣었다. 누군가 그의 어깨를 치고 지나갔고 그는 줄 밖으로 툭 밀려났다. 그의 의지나 힘은 전혀 작용하지 않은 타인이 밀어낸 힘의 세기만큼의 이동이었다.

줄 서 있던 사람들이 다 타지 못했는데 출입문과 스크린 도어가 차례로 닫혔다. 아슬아슬하게 지하철에 타지 못한 투피스 차림의 여자가 신경질적으로 머리칼을 넘기며 그를 바라봤다. 자신이 맨 앞에 서도 되는지 가늠하는 눈빛이었다. 움직일 기미가 없는 그의 모습에 여자는 스크린 도어 앞으로 바짝 다가섰다. 그러고는 입술을 잘근잘근 씹으며 휴대폰을 꺼냈다.

그는 스크린 도어에 비친 자신의 모습을 바라봤다. 스크린 도어의 검은 테두리에 담긴 어둑한 플랫폼의 모습은 거대한 필름처럼 보였고 정지한 상태의 그의 모습은 필름에 담긴 피사체 같았다. 엉거주춤하게 멈춘 자세가 이십 년 전 교실에서 오줌을 지렸을 때를 떠올리게 했다. 그때와 다른 점이 있다면 눈과 볼에 드리운 그늘이 해골의 뻥 뚫린 구멍처럼 보인다는 거였다.

과거와 미래가 묘하게 섞인 듯한 그 모습을 그는 멍하니 바라봤다.

"코앞에서 놓쳤어. 몰라. 지각할 것 같아."

여자의 통화하는 목소리가 들려왔다.

그렇구나. 지각. 정신이 퍼뜩 들었다. 이렇게 멈춰 있다가는 그 역시 지각할 게 분명했다. 그는 여태껏 지각한 적이 없었다. 적어도 30분 일찍 회사에 도착했다. 부천에서 서초까지 이어지는 긴 출근길은 10분만 늦게 출발해도 30분 늦게 도착할 수 있었고 10분만 빨리 출발해도 30분 일찍 도착할 수 있었으므로 1시간 일찍 회사에 출근하는 날도 많았다. 회사와 가까운 곳으로 방을 옮기면 좋겠지만, 서울의 월세는 그가 감당할 수 있는 수준이 아니었다. 그가 가용할 수 있는 자원은 시간이 유일했다. 출퇴근이 힘들긴 해도 잘해 보고 싶었다. 들어오고 싶었던 회사는 아니었지만, 소속이 생겼다는 사실에, 더는 부모에게 용돈을 타 쓰지 않아도 되는 현실에 한숨을 돌렸다. 작은 회사여도 열심히 일해서 회사와 함께 성장하면 된다고 생각했다. 길었던 취업 준비 시간 동안 현실의 벽에 부딪히고 또 부딪혔다. 포기와 체념을 터득해 이제 겨우 밥벌이는 하는 인간이 되었는데 모든 걸 망칠 수 없었다.

사정을 잘 설명하면 될 것이다. 지각 한 번 했다고 해서 하루 결근했다고 해서 잘리지는 않을 테니까. 뭐라고 사정을 설명하면 좋을까. 뭐라고 말해야 연락을 할 수 없는 상황이었다는 걸 이해해 줄까. 사실 그대로를 말할 수는 없었다. 몸이 멈춰서 그랬다는 말을 회사가 납득할 리 없었다. 자동차에 치였다던가, 갑자기 정신을 잃었다든가 하는 정도의 사정을 꾸며 내야 할 것이었다. 생각만으로도 비굴해지는 기분이었다.

줄로 돌아가야 했다. 하지만 할 수 있는 게 없었다. 할 수 있는 거라곤 다시 줄로 돌아가야 한다는 생각뿐이었다. 몸이 대체 왜 이러는 걸까. 어떤 전조도 조짐도 없었다. 전자 제품의 코드를 뽑은 것처럼 한순간이었다.

지난 밤에도 야근을 했다. 골프 웨어 시장의 성장으로 브랜드들이 우후죽순 생겨나면서 원단 수입 요청이 많아졌다. 팀장은 이 흐름에 올라타야 한다고 했다. 골프장은커녕 골프채조차 실물로 본 적이 없었던 그도 그 흐름에 올라타기를 종용당했다. 그 브랜드랑 거래 성사됐어? 물량 맞추려면 서둘러. 그때 말한 다이마루랑 우븐 아직도 안 들어왔나? 그는 거래처를 뚫고 거래를 성사시키기 위해 종일 수십 통의 전화를 걸고 메일을 보냈다. 하지만 하루의 끝에서는 종일 아무하고도 대화를 나누지 못했다는 기분에 사로잡혔다.

커피로 버티는 것에 한계를 느껴 에너지 음료를 마시며 버텼다. 회사 건물 밖으로 나올 때 뻐근한 목을 뒤로 젖히다가 자신에게도 별을 보며 어떤 경이로움을 느꼈던 소년 시절이 있었다는 것을 떠올릴 뻔했지만, 막차 시간을 검색하기 위해 서둘러 휴대폰에 코를 박는 행동으로 회고를 수습할 수 있었다. 집에 돌아와 침대에 누운 후에도 앞으로 회사에서 좋은 위치에 오르려면 중국어를 공부해야 하는 건 아닌지, 구매 자재 관리사 자격증을 따면 도움이 될는지, 근데 아까 박 과장 그 자식이 견적을 이따위로 밖에 못 뽑냐고 쏘아붙이고는 내가 말하는 중간에 전화를 끊어 버렸는데? 하는 생각들로 한참을 잠들지 못했다.

아침에는 손가락 하나 까딱하지 못할 것 같은 상태가 되곤 했다. 알람 소리에 의식은 깼어도 몸은 도저히 못 움직이겠다 싶은 상태가. 그래도 매번 꾸역꾸역 일어나 씻고 옷을 꿰입고 집 밖을 나섰는데 왜 하필 지금 여기서 이러는지 알 수 없었다.

그가 자신의 멈춤을 처음으로 알아차린 건 작년 추석, 그러니까 부천에 방을 구해 올라와 1년 넘게 구직 활동을 하고 있었을 때였다. 이번 연휴에는 꼭 내려오라는 부모님 말에 짐을 꾸려 집을 나서려는 참이었다. 신발을 신으려고 현관에 다가가는 순간 싱크대 위에 놓인 음식물 쓰레기 봉지가 그의 눈에 들어왔다. 그는 고민했다. 쓰레기를 냉동실에 얼려 둘지, 밖에 버리고 갈지. 버린다면 짐을 들고 나가면서 버릴지, 쓰레기를 먼저 버리고 다시 집에 들어와 짐을 들고 갈지. 그러는 사이 그는 움직일 수 없는 상태가 되고 말았다. 묵직한 것이 가슴 위에 턱 얹혀 몸이 전체적으로 무거워졌고 기존에 그가 사용하던 힘만으로는 몸에 가해지는 중력을 이겨 낼 수가 없었다. 그는 멈춘 채로 음식물 쓰레기 봉지를 바라봤다. 채소 찌꺼기와 밥 덩어리, 불어 터진 면발 등 뭉그러져 정체를 알 수 없는 것들이 한데 모여 물컹하게 썩어 가고 있는 것을 바라봤다. 어쩌다 저 많은 것들이 나왔는지 의아했다. 그는 굶기 일쑤였다. 끼니 때마다 밥과 반찬을 입에 넣고 씹어야 하는 일을 앞에 두고 그는 한숨부터 쉬었다. 잘 먹지 않으니 남고 썩어서 쓰레기가 된 것들을 노려본 지 얼마나 지났을까. 그의 시선이 영향이라도 끼친 것처럼 쓰레기 봉지가 한쪽으로 서서히 기울어지기 시작했다. 그는 가만히 선 채 쓰레기의 미래를 그려 봤다. 이대로라면 봉지 안에 든 쓰레기들이 밖으로 나올 것이다. 하지만 그런 상상도 그의 몸을 움직이게 만들지는 못했다. 마침내 대충 비틀어 놓은 봉지 입구가 아래로 향하며 안에 든 것들이 바닥으로 울컥울컥 쏟아졌다. 역한 냄새가 집 안에 퍼졌고 그는 손으로 코를 틀어막았다. 움직였다는 것을 바로 알아차리진 못했다. 몇 초 뒤 숨이 막힌다는 걸 느끼고 나서야 그는 코에서 손을 뗐다. 바닥에 쏟아진 음식물을 다 수습했을 때는 서둘러 이동해도 기차를 탈 수 없을 만큼 시간이 지나 있었다. 그의 어머니는 그가 탈 추석 기차표를 구하기 위해 새벽에 역에 나가 긴 줄을 섰었다. 그는 멀미가 심해서 장거리 버스는 타지 못했다. 기차를 놓쳐서 내려갈 수 없게 됐다고 집에 전화를 걸자 아버지가 물었다.

"어쩌다 놓쳤노?"

뭐라 설명해야 할지 알 수 없었다.

"멈췄어요."

"뭘 쳤다고?"

"아뇨, 멈췄다고요."

"뭐가 멈췄단 말이고?"

"몸이 멈췄어요."

수화기 너머 짧은 정적이 흘렀다. 아버지는 네가 하는 일이 그렇지, 뭐, 라는 느낌이 담긴 억양으로 그래, 알았다며 전화를 끊었다. 곧 다시 전화가 걸려 왔다. 어머니였다.

"아들, 몸이 어쨌다고? 어데 아프나?"

"아니에요. 괜찮아요."

"아니긴 뭐가 아이고. 와 그라는데? 엄마한테 얘기해 봐라. 아들."

"아니라고요, 괜찮다고요."

자기도 모르게 날카로운 목소리가 튀어나왔다. 그는 전화를 끊고 바닥에 주저앉았다. 왜 그러는 거야. 그는 원하는 대로 따라 주지 않는 자신의 몸을 향해 물었다. 이번에도 몸은 그의 뜻과는 상관없는 굵은 눈물을 바닥으로 뚝뚝 떨어뜨렸다.

그다음으로 멈춘 건 작년 말, 건강 보험 공단에서

보낸 우편물을 받고 난 뒤였다. 우편물에는 이제 30세가 되니 이진혜의 피부양자 자격으로 있을 수 없다고 적혀 있었다. 이진혜는 10년째 간호사로 일하고 있는 그의 누나로 집안의 유일한 4대 보험 가입자였다. 피부양자 자격이 상실되면 앞으로 어떻게 되는 건지 건강 보험 공단에 전화를 걸어 문의해야 했다. 건강 보험이 적용되지 않으면 감기에도 많은 진료비가 든다는 얘기를 들은 적이 있어 불안했다. 우편물을 읽은 시간은 오전 11시 45분이었고 곧 콜센터 점심시간일 테니 1시 이후에 전화를 걸기로 했다. 그러나 그는 1시가 되어도 전화를 걸지 못했다. 공단에 전화를 걸 수 있는 시간은 오후 6시까지라는 생각이 그의 발목을 잡았기 때문이었다. 시간의 여유가 이상하게 그를 더 초조하게 만들었다. 초조함을 견디다 못한 그는 작성 중이었던 자기소개서 파일을 닫고 게임을 켰다. 소총을 쏘고 수류탄을 던지며 모니터를 활보하는 병사들을 죽였다. 그 역시 헤드샷을 당해 죽고 등에 칼을 맞아 죽었다. 그러다 보니 오후 4시가 됐다. 많이 죽였고 많이 죽었지만, 최종적으로 죽은 건 시간뿐이었다.

휴대폰을 집어 들었다. 건강 보험 공단의 전화번호

를 누르려는 생각과는 달리 그의 손가락이 제멋대로 동영상 앱을 눌러 버렸다. 화면 위로 즉각 영상이 떠올랐다. 빙판길에서 넘어지는 사람, 주인의 뒤통수를 때리는 고양이, 블랙박스 사고 영상, 다이소에 가면 꼭 사야 할 살림템, 이행시로 웃기기 등, 손가락만 까딱해도 재밌는 게 쏟아졌다. 한번 보기 시작하니 멈출 수가 없었다. 지루한 장면은 모두 편집된 1분 이내 짧은 영상들이었지만, 이런 식이라면 생이 다할 때까지라도 영상을 볼 수 있을 것 같았다. 시청각 자극에 멍하게 마비되고 있던 그가 문득 시계를 확인했다. 5시였다. 잠깐이었던 것 같은데 1시간이 지나 있었다. 손가락과 눈동자가 끊임없이 영상에 반응하고 있었지만, 잠시 죽어 있던 것만 같았다. 사라졌던 현실 감각이 돌아오면서 얼굴 위로 엄청난 무게의 피로가 쏟아졌다. 그는 쓰러지듯 바닥에 드러누웠다. 시간이 움켜쥐고 있던 주먹에 온몸을 얻어맞은 것처럼 몸이 늘어졌다. 형광등 불빛을 노려보다 눈을 감았다. 관에 갇히는 기분이 들었지만, 다시 눈을 뜨는 것조차 의지대로 되지 않았다.

6시가 되기 7분 전, 가까스로 연결된 상담원은 친절했다. 그의 처지를 가늠하지 않는 듯한 깔끔하고 사무적인 상담원의 목소리에 명치를 누르던 딱딱한 뭔가가 조금은 물러졌다. 매달 13,100원을 납부하라는 고지서가 갈 테니 입금하면 건강 보험 혜택을 받을 수 있다는 정보를 얻고 전화를 끊었다. 자리에서 일어나려고 하는데 몸이 뻣뻣했다. 천천히 굳은 관절을 푸는 동안 희미하게 깨달았다. 또 몸이 멈췄었다는 것을. 하지만 몇 시부터 멈춘 건지는 알 수 없었다.

회사에 들어온 뒤로는 괜찮아진 줄 알았다. 멈췄었다는 것조차 잊고 지냈다. 하지만 회사에서도 한 번 멈추고 말았다. 건너편 자리에 앉은 팀장이 사내 메신저로 보고서 완료를 물었을 때였다. '그 건 성사 안 되면 이 대리가 책임질 거야?' 그는 그 말에 불안을 느꼈다. 하지만 잠깐, 가만 있어 봐. 곧 그는 그 건이 성사되든 안 되든 자신은 책임을 질 수 없다는 사실을 떠올렸다. 그에게는 책임을 질 만큼의 권한이 없으니까. 그는 죄송하다는 말을 입력하려다가 자신에게 건 주문 가만 있어 봐 에 걸린 듯 가만 있었다. 그의 왼손 약지가 ㅈ을 누른 채였다. 팀장이 메신저로 다시 물었다. '왜 대꾸가 없어?' 그의 메신저 입력 창 위엔 ㅈㅈㅈㅈㅈ만 길게 이어졌다. 답변이 없자 팀장은 육성으로 "어이,

이 대리."하고 불렀다. 그리곤 그의 대답 따위 상관없다는 듯 말했다.

"잘 좀 하자. 어? 이 대리도 열심히 해서 골프 치고 살아야지, 안 그래?"

회의에 들어가자며 다른 직원이 다가와 그의 어깨를 흔들 때까지 그는 멈춰 있었고 ㅈ의 행렬은 이어졌다.

"저는 골프 안 칠 거예요."

그가 뒤늦은 대답을 했다.

"뭐라고요?"

다른 직원이 그게 무슨 말이냐는 듯 물었다.

"골프는 치고 싶지 않다고요."

"그럼 뭐 하고 싶은데요?"

그 질문엔 아무 대답도 할 수 없었다.

그는 여러 멈춤 사이의 공통점을 생각해 봤다. 지금으로서는 과로로 인한 근육 경직이 일어난 건가 싶지만, 과로와 관계없는 멈춤도 분명 존재했다. 다른 사람들이라면 쉽게 결론 내릴지도 모르겠다.

빠져 가지고.

그러니까 해이해서, 나태해서, 긴장하지 않아서 그

런 거 아니냐고. 그래, 그런지도 모른다. 정신 차리라고, 누가 뺨을 한 대 후려쳐 주면 괜찮아질지도 모른다. 정신이 번쩍 들어 멈춤을 멈출지도 모른다. 정신이 번쩍 들었다가 다시 정신없이 움직일지도 모른다. 멈춤은 커녕 가속이 붙을지도 모른다.

얼마간 시간이 흐르고 바지 주머니에서 휴대 전화 진동이 울렸다. 진동은 울리고 멈추기를 다섯 번 반복했다. 첫 진동이 울렸을 땐 반사 신경 때문인지 순간 몸이 움찔했지만 거기서 더 나아가지 못했다. 회사에서 걸려 온 전화일 것이다. 지각에 민감한 팀장의 신경질이 구취보다도 더 지독한 기세로 사무실에 퍼져 나가는 모습이 그려졌다. 휴대폰과 닿아 있는 허벅지로 미지근한 열기가 전해졌다.

출근 시간대가 지나면서 조금 한산해진 지하철은 줄 서 있는 사람들을 남김없이 태우고 출발했다. 바삐 걸음을 옮기는 사람들이 줄어들자 그를 이상하게 쳐다보는 사람들이 늘어났다. 몇몇은 힐끗 보고 말았지만, 노골적으로 쳐다보는 사람도 있었다. 자색 바람막이 점퍼를 입은 노년의 남자가 그랬다. 뒷짐을 진 채 그의 주위를 어슬렁거리면서 그를 아래위로 훑어 내렸다. 바람막이의 눈빛은 말하고 있었다. 지금 뭐 하는 거냐고. 그는 당황했다. 뭐 하냐니……. 지금 아무것도 못 하는데……. 그래서 그 눈빛을 못 본 척했다. 알아차리지 못한 척했다. 그런데도 그의 얼굴은 잘못을 저지른 사람처럼 뜨거워졌다. 목덜미와 귓바퀴가 확확 달아올랐다. 혀를 차며 그를 쏘아보던 바람막이는 열차가 들어오자 끙 소리를 내며 출입문 쪽으로 다가섰다. 출입문이 열리고 지하철 안으로 오르고 나서도 바람막이의 시선은 그에게 꽂혀 있었다. 문이 닫히고 열차가 출발하고 나서야 그는 바람막이의 시선에서 놓여날 수 있었다.

그는 안도했다. 하지만 짧은 안도 끝에 분함이 밀려왔다. 바람막이에게 눈빛을 돌려주지 못한 것이 분했다. 왜 나를 쳐다보냐, 나 역시 날 보는 당신을 보고 있다, 당신이야말로 뭐 하고 있는 건데? 라는 눈빛을 보내야 했다. 멈췄어도 그건 할 수 있었다. 하지만 그러지 못했다는 생각에 화가 밀려왔고 그 뜨거움에 가슴 안쪽이 데는 것 같은 느낌이 들었다. 그러나 뜨거움은 내가 뭘 잘못한 거지, 뭐가 문제인 거지, 하며 그 눈빛을 온전히 받아 삼켰던 조금 전의 자신이 한심해지면서 이내 차갑게 식었다.

이동 수단인 지하철에서 이동하지 않고 있다 보니 이동이 아닌 다른 목적으로 이곳에 오는 사람들이 눈에 들어오기 시작했다. 승객들에게 팔 물건이 담긴 수레를 끄는 사람이 있었고 지하철 광고판에 떼인 돈 받아 준다는 명함을 찔러 넣는 사람이 있었다. 지하철에 오르자마자 승객들의 무릎 위에 종이를 한 장씩 얹어 놓는 사람도 있었다. 그도 전에 비슷한 종이를 받은 적이 있다. 보육원에서 자라 왈패들과 어울렸던 사연으로 시작해 앞으로 열심히 살아가겠다는 다짐으로 끝나는 글이 적힌 종이였다. 앞으로 열심히 살겠다는 다짐을 하지 않으면 사람들이 온정을 베풀지 않을 것을 우려한 듯 '열심히'라는 단어에는 획이 몇 번 더 진하게 그어 있었다. 종이를 한동안 내려다보던 그는 지갑에서 오천 원짜리 한 장을 꺼냈다. 승객들의 무심함이 공기에 팽팽히 흘렀으므로 그 역시 종이만 돌려주려고 했었다. 그런데 그 획의 두께가, 강조하려다 지저분해진 글자의 형태가 그의 마음을 움직였다. 그가 종이와 지폐를 한데 겹쳐서 내밀자, 기계적으로 종이를 걷어가던 사람조차 흠칫 놀란 눈치였다. 몹시 굽신거리며 지폐를 받는 상대의 모습을 바로 보지 않기 위해 그는 고개를 푹 숙였다.

스크린 도어에 비쳐 보이는 시야 안으로 한 여자가 들어왔다. 경쾌하면서도 넘어질 것 같은 아슬아슬한 걸음걸이로 플랫폼을 돌아다니는 여자였다. 여자는 아무것도 들고 있지 않은 두 손을 가슴께로 들어 올린 채 쉼 없이 흔들었는데 마치 보이지 않는 실로 손과 연결된 새들이 그녀 주위를 날아다니는 것 같았다. 쌀쌀한 날씨에 갈색 면바지와 얇은 흰색 티셔츠 하나만 입은 차림이었고 그리 뚱뚱하진 않았지만 이미 작아진 옷을 꺼내 입은 것처럼 몸에 맞지 않아 옆구리 살이 울퉁불퉁하게 튀어나와 있었다. 나이는 많아야 스물둘, 셋 되어 보였고 지금 막 기분 좋은 소식을 들은 것처럼 흥얼거리며 웃고 있었는데 기분 좋은 소식이 매분 마다 들려오는지 웃음은 멈출 기미가 보이지 않았다. 화장기 없는 뽀얀 얼굴에 부드러운 곡선을 그리는 눈꼬리. 웃을 때마다 머리가 가볍게 흔들리면서 찰랑거리는 까만 단발머리. 한순간만 정지시켜 놓고 본다면 옆에 있는 사람까지 기분 좋아질 웃음이었다. 하지만 사람들은 웃음을 멈추지 않는 여자를 힐끔거렸고 일행에게 뭐라 수군거리면서도 그녀가 내뿜는 밝음에 전염이라도 될 듯이 여자를 피해 다녔다. 그녀는 허공과도 교감할 수 있는 것처럼 보였고 남들은 느끼지 못하는 것들을 느끼느라 가만히 있을 수가, 도저히 멈출 수가 없어 보였다. 필름의 한 장면 한 장면을 넘어오듯 여자가 그가 있는 곳으로 다가왔다. 그는 피할 수 없었으므로 자신에게 가까워지는 여자의 모습에 긴장했다. 그때 갑자기 열차가 들어와 스크린 도어에 비친 모든 것들이 지워지며 여자의 모습이 보이지 않았다. 지하철을 타고 가 버렸나 싶은 순간, 열차가 플랫폼을 빠져나가면서 다시 여자의 모습이 스크린 도어에 비쳤다. 그의 바로 옆이었다. 놀라서 움직일 법도 한데 그렇지도 않았다.

"아저씨, 괜찮아요."

그의 곁에서 걸음을 멈춘 여자는 괜찮다는 단정인지 괜찮냐는 질문인지 모를 말을 건넸다. 그는 사람들의 시선이 일제히 자신에게 쏠리는 것을 느꼈다. 뒤통수가 따가웠다. 모두가 숨죽여 이 상황이 어떻게 전개 될지 지켜보고 있는 듯했다. 여자가 살피는 듯한 시선으로 그를 올려다보고 있는 와중에도 그는 여자보다 다른 사람들의 시선이 신경 쓰였다. 그는 아무 반응도 보이지 않았다. 변함없이 가만히 있었다. 여자는 고개를 살짝 갸웃거리더니 이내 단념하고 다시 걸음을 뗐다. 그제야 그에게 꽂혔던 사람들의 시선이 흩어졌다. 무시, 철저한 무시. 그는 지극히 보편적이고 안전한 반응을 해낸 셈이었다. 여자는 손가락을 흔들며 지하철이 들어오는 모습을 좀 더 지켜보다가 다시 계단 위로 올라갔다. 내려올 때보다 조금 빠른 걸음이었다. 그는 뿌리박힌 듯 서 있고 여자는 나비처럼 팔랑거리며 다시 지상 위로 올라갔지만 자기 자신도 어쩌지 못하는 몸을 가졌다는 점에서 서로 다르지 않다는 생각이 들었다. 여자도 그걸 느끼고 그에게 말을 걸었던 건지도 몰랐다. 아무래도 여자도 느꼈겠지. 그 주변의 자장이 예사롭지 않다는 것을. 하지만 그는 무시했다. 어쩔 수 없었다. 어쩔 수 있었다면 어쨌을까. 뭐가 달랐을까. 하나도 다르지 않았을걸. 그래, 똑같이 했을 거다. 똑같이 여자를 무시했을 거다. 어쩔 수 없는 무시가 아닌 온전하고 단단한 무시를 했을 것이다. 문득 여자가 혼자 있을 때는 웃지 않을 거라는 생각이 들었다. 아무도 없을 때는 웃음을 거둔 구겨진 얼굴로 그동안 겪은 무시를 곱씹으며 뒤늦게 울분을 뱉어 낼지도 몰랐다.

적막했다. 여자가 사라지자 열차가 오가며 내는 소음에도 불구하고 불현듯 이곳이 너무 조용하다는 생각이 들었다. 이렇게 많은 사람이 땅 깊숙한 곳에 모여 무표정한 얼굴을 하고 이렇게 고요한 상태를 유지하고 있다는 사실에 문득 등줄기가 서늘해졌다. 시간이 차곡차곡 흘렀다.

다리가 아팠고 겨드랑이에서 땀이 배어 나왔다. 안내 방송의 반복되는 멜로디에 머리가 울렸고 지하철이 싣고 오는 탁한 바람을 맞으며 몸이 지쳐 갔다. 사람들에게 도움을 청해 볼까 싶었다. 그러려면 말을 해야 할 텐데 멈춘 상태에서 말해 본 적이 없어서 가능한지 알 수 없었다. 그는 말을 할 수 있는지 시험해 보려다가 그만두었다. 지금 상태로도 이상한 눈길을 받는데 혼잣말을 한다면 더욱 이상하게 보일 것 같았다. 작고 짧게라도 그는 말해 보려고 하지 않았다. 더구나 어떻게 도와 달라고 해야 할지도 알 수 없었다. 움직이게 해 달라고 할 것인가? 대체 어떻게? 그는 조금 더 견뎌 볼 생각으로 가만히 있는 편을 택했다.

"이게 누고?"

열차에서 내린 한 무더기의 사람 중 한 명이 그에게 다가왔다. 대학 동기 정덕이었다. 말끔한 쥐색 정장을 입은 정덕이 오랜만이라며 그에게 손을 내밀었다. 그는 정덕이 내민 손을 잡지 못했다. 응답을 받지 못한 자기 손을 내려다보던 정덕은 살짝 웃으며 손을 거뒀다. 비웃음이었다. 입술이 가늘어지며 턱에 힘이 실리는 정덕의 표정을 자신만만함으로 여유로움으로 보는 사람도 있었지만, 그는 다르게 보았다. 그것은 이해한다는 듯, 알 만하다는 듯, 내려다보는 자가 짓는 표정이었다. 정덕은 과 대표에 장학금을 받았고 훤칠한 키에, 못하는 운동이 없었으며 아버지는 대기업의 간부라고 했고 만나는 여자들도 많았다. 그와는 모든 면에서 달랐다.

"졸업하고 통 안 보이더만 살아 있었나? 어떻게 지냈노?"

"그냥 뭐, 일한다."

멈춘 상태에서도 말은 가능하다는 것을 대답하면서 깨달았다. 그렇다면 아까 여자가 말을 걸었을 때는 왜 말하지 않았을까. 정덕이 생각할 시간을 주지 않고 물었다.

"회사가 여 근처가? 나도 여기 근처다. 자주 좀 보자. 혹시 아나. 내가 도와줄 일 있을지."

정덕은 또 도와준다며 나서고 있었다. 학부 시절, 그는 정덕과 함께 과제 발표 조로 묶인 적이 있었다. 졸업 논문과 연결된 중요한 과제였고 발표는 조원들이 나눠서 했다. 발표 당일, 자신의 차례가 다가올수록 그의 가슴은 쿵쾅거렸다. 교수는 학생들에게 준비한 리포트를 보지 않고 발표하게 하는 것으로 악명 높았다. 자료를 읽지 말고 자기 말로 풀어내야만 온전한 앎이 된다는 게 이유였다. 까다로운 만큼 그 교수에게 인정받고자 하는 학생들이 많았다. 그 역시 며칠 밤을 새워 발표할 내용을 모두 외웠다. 하지만 발표 시간이 다가올수록 그는 펄떡이는 심장을 진정시킬 수가 없었다. 마침내 그의 차례가 되었다. 그는 단상 위에 올라 마른 침을 삼킨 뒤 발표를 시작했다. 긴장이 풀린 건 아니었지만 머릿속에 저장한 리포트를 차분히 한 장씩 넘겨

나갔다. 처음 몇 장은 순조로웠다. 그런데 갑자기 머릿속 한 페이지가 텅 비어 있었다. 지운 흔적도 남아 있지 않은 철저히 깨끗한 백지였다. 그가 말을 잇지 못하자 단상 옆에 서 있는 조원들도 당황했다. 뭐라도 말해 보려 했지만, 하다못해 죄송하다는 말이라도 해 보려고 입을 벌렸지만, 목구멍에 휴지를 말아 넣은 것처럼 아무 말도 나오지 않았다. 강의실에 앉아 있는 학생들이 웅성거리기 시작했다. 교수는 팔짱을 낀 채 동요하지 않고 그를 지켜봤다. 혀가 철근처럼 무거웠고 식은땀이 났다. 페이지를 복원해 보려 애쓰며 두 눈으로 흰 벽을 더듬었다. 흰 벽 위로 조금씩 비어 있던 페이지가 채워지기 시작했다. 백지였던 곳에 선명히 떠오르는 내용을 따라 그가 다시 말을 이어 가려는 찰나, 정덕이 나섰다.

"제가 대신 설명해 드리겠습니다."

정덕은 이 친구가 너무 긴장해서 그렇다고, 우리도 때로 그러지 않느냐는 말로 그의 상태에 대한 이해를 구했다. 정덕은 이 친구가 준비한 부분은 제가 대신 설명해 드릴 수 있다는 말로 한층 깊게 그에게 모욕을 주고 사람들에게 관용을 베풀 기회를 주면서 깔끔하게 발표를 마무리했다. 정덕이 발표하는 동안 그는 세상 가장 머저리 같은 모습으로 단상 끝에 엉거주춤 서 있었다.

정덕이 명함 한 장을 내밀었다. 굴지의 건설 회사 마크가 찍혀 있는 명함이었다. 평소의 그라면 받기 싫어도 명함을 받았을 것이다. 그러나 받을 수 없기 때문에 받지 않을 수 있어서 그는 내심 기뻤다. 모처럼 다른 사람의 의도에 저항해 본 것이었다.

"니랑 앞으로 볼일 있겠나."

그가 말했고 이번에 정덕은 떨떠름함을 숨기지 못하고 입술을 비틀었다. 그사이 지하철이 한 대 더 들어오고 나가는 걸 지켜보던 정덕이 말했다.

"근데 니 와 이라고 여기 서 있노?"

"알 거 없다."

"꼭 그때 같다 아이가. 멍청히 서 있어서 내가 대신 발표해 줬을 때."

"상관 마라 안 하나. 꺼지라."

"니 요새도 븅신 같이 사나?"

비웃음을 감추지 않는 정덕의 얼굴을 향해 그는 참지 못하고 침을 뱉었다. 주먹을 날리진 못해도 침을 뱉을 순 있을 거라고 생각했다. 그러나 침은 제대로 날아가지 못하고 입술 한쪽으로 흘러내렸다. 정덕은 고개를 흔들며 더 크게 웃더니 주머니에서 손수건을 꺼내 그의 입술을 문질렀다.

"븅신이라 캤다고 진짜 침을 흘리면 어카노."

그리곤 손수건을 그의 주머니의 찔러 넣은 뒤 손바닥으로 그의 뺨을 몇 차례 툭툭 쳤다.

"내 맘이 아프다 아이가."

그가 뭐라고 대꾸하려는 사이 정덕의 주머니에서 벨소리가 울렸다.

"상무님이 찾아가 내 먼저 간데이."

정덕이 휴대폰을 그에게 한번 들어 보이더니 뒤돌아섰다.

"예, 상무님. 지금 가고 있습니다. 그럼요. 준비는 다 됐습니다. 걱정 마십시오. 제가 어제 밤 새서 다 확인했습니다."

사투리 없이 통화하는 정덕의 목소리가 점점 멀어졌다.

몸이 물에 젖은 모래 자루 같았다. 감각이 무뎌지고

있었다. 귀가 웅웅거렸고 시야가 흐려졌다 밝아지기를 반복했다.

억울해.

그는 자기도 모르게 중얼거렸다.

억울해.

다음엔 의식적으로 중얼거렸다. 세상에 내 맘대로 되는 건 하나도 없다고 한들, 내 몸 하나는 내 맘대로 돼야 하지 않나. 내 몸 하나 어쩌지 못하면 어쩌자는 건가. 열심히 살지 않았더라면 이만큼 억울하지도 않을 것이다. 열심히 살았는데 대체 왜. 하지만 더 생각해 보니 꼭 그렇지만도 않았다. 그는 자신의 열심에 자신이 없었다. 그보다 더 열심히 사는 사람은 많았다. 정말이지 징글징글하게 열심히 사는 사람들이 있었다. 적당히는 안 된다는, 매 순간 간절하고 절박하게 살아야 한다는 외침들 앞에서, 석탄을 가득 싣고 맹렬하게 달려가는 증기 기관차 같은 사람들의 성공 신화 앞에서 그의 방향 없는 열심은 미미하고 초라했다.

노란 조끼를 입은 경찰관 두 명이 그에게 다가왔다. 멈췄던 몸이 언제 풀린 건지 그는 바닥에 주저앉아 있었다. 경찰 둘이 그의 양팔을 하나씩 붙잡고 거칠게 일으켜 세웠다.

"당신이 여기 앉아서 여자들 다리를 훔쳐본대요. 이게 뭐 하는 짓이에요. 멀쩡한 젊은 사람이."

경찰은 역사 내 경찰대 사무실에 그를 앉혀놓고 CCTV 화면을 살펴보았다.

"가만히 서서 뭐 하고 있었던 거예요?"

그는 고개를 숙였다.

"휴대폰 사진에도 별거 없는데요?"

그의 휴대폰을 압수해서 살펴보던 여경이 탁자 위로 휴대 전화를 내려놓으며 말했다. 경찰은 심신의 미약을 주장하는 피의자들을 바라보듯 그를 바라보더니 보호자를 부르라고 했다. 얼마간 시간이 흐르고 이진혜가 유니폼과 슬리퍼 차림으로 사무실에 도착했다. 뛰어왔는지 얼굴이 발갛게 상기되어 있었다.

"확인해보니 아침 7시부터 역에 서 있었습니다. 몸이 움직이지 않았다는 말만 반복하는데요. 신원에 별다른 것은 없으니 보내드립니다만, 어디 이상 있는 건 아닌지 확인해 보셔야겠습니다."

경찰은 나쁘진 않지만 더럽고 귀찮고 만지기 싫은

것을 대하듯 그를 향해 턱짓했다. 이진혜가 몇 가지 서류를 작성한 후에야 그는 귀가 조치됐다. 내내 그에게 한마디도 하지 않던 이진혜는 경찰대 사무실을 빠져나와 출구로 향하는 계단 아래에 서서 말했다.

"어디 안 좋으면 집에 가 쉬어라. 난 다시 병원 들어가 봐야 한다."

이진혜가 계단을 향해 등을 돌렸다. 그는 서둘러 돌아서는 이진혜의 등에 대고 말했다.

"누나, 내 한심하제?"

이진혜가 걸음을 멈추고 뒤를 돌아보았다.

"아니…… 불쌍타."

하지만 이진혜의 표정은 연민이 아닌 그저 자신의 의사를 명확히 하려는 단호함으로 굳어 있었다. 한심해 보일까 걱정했던 건 그의 자만이었을까. 한심할 것도 없이 그저 불쌍할 뿐이구나, 그는 말할 수 없이 참담해졌고 그래서 이진혜에게 말할 수 있었다.

"누나, 요즘 내가 자꾸 멈춘다. 머 하려고 하다가도 몸이 가만히 움직이질 않는다."

이진혜는 새삼스럽다는 듯 대꾸했다.

"멈추니까 어떤데?"

어떠냐니, 그게…… 그는 어떻게 설명해야 할지 몰라 머뭇거렸다. 이진혜가 말을 이었다.

"왜? 멈추는 게 힘드나? 불편하나? 나도 니처럼 멈춰 봤으면 좋겠다. 이렇게 숨 쉴 틈 없이 사는 중에 니처럼 멈출 수라도 있으면 좋겠다고."

그제야 누나의 어둑한 눈가가 눈에 들어왔다. 누나는 어떤 일상을 살고 있을까. 3교대로 일한다는 것 외에는 아는 게 없었다. 그는 자신이 누나의 안부를 한 번도 묻지 않았다는 걸 깨달았다.

"누나 많이 힘드나?"

그는 떨리는 목소리를 누르며 물었고 이진혜는 흔들리는 눈동자를 감추려는 듯 황급히 고개를 돌리고는 바쁘다며 계단 위로 향했다.

다들 바빴다. 사실 그도 오늘 바빠야 했다. 확인해야 할 일이, 작성해야 할 문서가, 처리해야 할 일이 쌓여 있었다. 멈춰 있는 중간에도 휴대폰이 끊임없이 울렸다. 휴대폰에는 부재중 전화와 함께 팀장이 보낸 문자 몇 통이 들어와 있었다. 고개를 들자 출구 바깥으로 물들어가는 하늘 끝자락이 보였다. 바닥으론 지하철이 일으키는 진동이 희미하게 느껴졌다. 익숙한 홍얼거림이 들렸다. 까만 단발머리 여자가 그의 옆을 지나쳐 플랫폼 아래로 향하고 있었다. 그가 갈 곳은 둘 중 하나였다. 싸늘한 비난과 산더미 같은 업무가 기다리고 있을 회사로 돌아가거나 하루 1만 6666원 꼴인 그의 방으로 들어가 번데기처럼 처박히거나.

여자는 플랫폼 뒤편 의자에 앉아 있었다. 새들이 일과를 마치고 돌아간 듯 여자의 두 손은 무릎 위에 놓여 있었다. 웃음도 잔잔히 가라앉은 상태였다. 그는 천천히 여자 쪽으로 다가갔다. 내가 지금 뭐 하는 거지. 평소의 그라면 절대 하지 못할 행동이었다. 하지만 그는 자신의 발길을 내버려 두었다. 가는 대로 가게 했다.

지하철 한 대가 들어와 사람들을 부려 놓고 다시 사람들을 실은 뒤 떠났다. 사람들은 끊임없이 어디론가 가고 있었다. 고요하고도 집요하게 가고 있었다. 그가 여자 앞에 멈춰 서자 여자가 고개를 들어 그를 바라봤다. 가까이에서 들여다본 여자의 맑고 까만 동공 안에는 희미한 경계심과 불안이 깃들어 있었다. 하지만 센서등이 켜지는 것처럼 타인을 감지한 그녀의 눈이 다시 웃기 시작했다. 소리 없는 한숨처럼 배시시 공중에 웃음을 흘렸고 손가락도 아까처럼 꼼지락거렸다. 그는 자신이 그녀의 웃지 않을 수 있는 시간을 방해한 것 같아 미안했다. 문득 목이 메었다.

"미안해요. 아까는 제가 무례했어요."

"아."

여자는 깜빡한 게 떠오른 것처럼 고개를 짧게 끄덕이고는 말했다.

"앉으세요. 다리 아파요. 서 있었잖아요, 오래."

여자가 자리를 옆으로 조금 이동했다. 그는 여자 옆에 앉았다. 여자에게서 마른 풀냄새가 났다. 또다시 한 무더기의 사람들이 밀물처럼 밀려들었다가 지하철을 타고 썰물처럼 빠져나갔다. 작은 소리를 흥얼거리며 손가락을 꼼지락거리던 여자는 주머니를 뒤지더니 그에게 손을 내밀었다. 여자의 손바닥 위에 레몬 맛 사탕이 놓여 있었다.

"고맙습니다."

그는 사탕을 집어 들었다. 여자가 손목시계를 확인하고는 말했다.

"이제 들어올 거예요."

"뭐가요?"

"아저씨도 기다린 거 아니에요?"

여자가 동그래진 눈으로 그를 바라봤다. 잠시 뒤 안내 방송이 나왔다.

지금 들어오는 열차는 이 역에 서지 않고 통과하는 열차입니다.

이 역에서 서지 않는 열차가 있었나. 몇 년간 이 역을 이용했지만, 처음 듣는 방송이었다. 여자는 방송이 나오자마자 자리에서 일어나 스크린 도어 쪽으로 다가섰다. 기대에 찬 표정이었다. 거칠게 달려오는 열차 소리가 점점 가까워졌다. 곧 열차의 머리가 터널 입구에 모습을 드러냈다. 열차가 몰고 온 바람에 여자의 머리카락 끝이 나풀댔다. 열차는 영원히 멈추지 않을 것 같은 기세로 빠르게 역을 뚫고 지나갔다. 그 풍경이 빛에 노출돼 상이 날아가 버린 필름처럼 보였다. 아주 짧은 영화가 한 편 상영된 셈이었다. 여자는 순식간에 사라진 열차의 꽁무니를 바라보았다. 여자의 얼굴에서 기대가 썰물처럼 빠져나가고 아쉬움이 차올랐다.

"왜 무정차 열차를 기다린 거예요?"

그가 물었다.

"아무도 못 타는 열차니까요."

여자는 당연한 걸 묻는다는 듯 대답했다. 그리곤 아

쉬움도 잠시뿐 다시 조용히 웃었다. 그게 무슨 뜻인지 더 묻고 싶었지만, 여자는 볼일을 모두 마친 것처럼 사뿐사뿐한 걸음으로 승강장을 가로질러 계단 위로 향했다. 더는 손목을 흔들지 않는 여자의 뒷모습을 향해 일어서다가 그는 스크린 도어에 비친 자신의 모습을 다시 마주했다. 아까의 잔상 같았다. 그는 그 모습을 바라보며 발걸음을 옮겼다. 걸음을 옮기면서 그는 자신이 영영 멈추어 버릴 가능성에 대해 생각했다. 멈춤을 멈출 자신의 힘에 대해서도 생각했다. 그리곤 물었다. 내가 스스로 멈춘 적은 있던가. 종전과 같은 위치에 선 그는 사탕 껍질을 까서 입안에 넣었다. 혀가 오그라들 만큼 신맛이 입안에 퍼졌다. 또다시 천장에 붙은 스피커에서 열차가 들어온다는 안내 방송이 나왔다. 그는 카메라 앞에 선 것 같은 기분으로 고개를 들고 조금 웃어 보였다. 곧 지하철이 플랫폼으로 들어왔고 스크린 도어와 출입문이 차례로 열렸다. 문이 열리고 나서야 알았다. 아까와는 다른 방향의 열차라는 것을. 하지만 그는 이렇게 잠시 더 멈춰 있기로 했다. 입안의 사탕이 녹을 때까지.

해설

바라봄의 용기

전소영(문학평론가)

해설

바라봄의 용기

전소영(문학평론가)

보는 일과 바라보는 일

당신을 보는 중이다. 차분한 눈빛, 휘어진 입매, 가지런히 모은 손. 의식하기도 전에 나의 시선에 닿아 온 당신의 윤곽이다. 이것만으로도 나는 당신을 다 안다고 믿어버릴 때가 있다. 그러나 정말로 그러한가. 방금 갈무리한 것은 그저 당신의 일부일 뿐이다. 애쓰지 않아도 포착 가능한 표면. 그것을 나는 그저 '본' 것이다.

누군가를 '바라보는' 것은 이와는 전혀 다른 일이겠다. 이를테면 차분함의 배면에 잠복한 그늘과 말과 말 사이를 흐르는 미묘한 침묵과 갈라진 손끝의 내력을 발견하는 것. '바라본다'는 것은 이런 일이다. 오랜 응시 끝에, 당신이 그저 내게 보이는 사람이 아니라 내 앞에 존재하는 사람임을 새삼스레 알아 가는 도정이다.

그러고 보면 '바라보다'라는 동사 자체가 그런 성질을 내장하고 있다. '보다'에는 시선의 움직임이, 그에 앞서는 '바라다'에는 기대가 담보된다. 하여 이것은 시간을 전제로 성립하는 단어이다. 어떤 대상에게 희망을 품게 되기까지 바라본다는 것은, 긴 시간과 그에 상응하는 마음을 충분히 기울이는 행위를 의미한다. 그렇게 누군가를 바라볼 수 있는 자는 그의 현재뿐 아니라 그 배후에서 일렁이는 과거도, 다다르지 않은 미래의 희미한 가능성도 곁눈질할 수 있는 사람일 것이다.

최지연의 첫 소설집 『관측 가능한 삶』에는 이 '바라보는 일'에 관한 여덟 편의 이야기가 사려 깊게 누벼 있다. 표제작에 적힌 "관측"이라는 낱말을 '바라봄'으로 다시 적고 그것을 표지판 삼아 소설집 내부를 걷다 보면, 우리는 자신과 타자를 온전히 바라보지 못한 채 살아온 사람들의 초상을 마주하기에 이른다. 하지만 최지연 소설가가 우리에게 최종적으로 건네고자 하는 것은 그러한 삶의 비극이 아니다. 자신과 타자를 '보는 자'가 아니라 '바라보는 자'가 되려는 용기가, 결국 우리의 삶을 앞으로 밀어 간다는 여리고 빛나는 진실이다.

맹시(盲視)에서 벗어나기—인간을 인간으로 바라본다는 것

여기 하나의 질문이 있다. 우리는, 인간은, 과연 인간을 인간으로 여기고 있는가. 「세이프 타임」은 이 물음을 통해 타자를 온전히 바라보지 않는 세계 쪽으로 우리를 견인하는 소설이다. 한 자동차 공장의 프레스 라인에서 노동자가 사망한다. 92년생 청년 이호원. 그의 죽음 이후 공장은 형식적으로나마 인체 감지 안전 시스템을 도입하기로 결정하고 엔지니어인 '나'가 그 설치를 맡는다.

그러나 '나'는 곧 공장의 아이러니를 목도한다. 사고 방지를 위해 인간 감지 시스템을 도입한다고 하면서도, 정작 공장 사람들은 인간을 감지하지 못하는 것이다. 이호원의 죽음은 회사가 공단에 사고 신고를 하지 않음으로써 세상에서 지워졌다. 연일 공장에 오는 사망자 누나의 남겨진 삶도 외면의 대상일 뿐이다. "멈춤이 (…) 다 손실"이고 "비용이고 돈"(104쪽)인 이곳에서는 누군가의 숨이 멈춰도, 살아 있는 사람이 유령처럼 멈춰도 기계가 돌아간다.

일단은 공장의 분위기에 편승할 수밖에 없었던 '나'는 어느 날 시스템의 오작동으로 압사할 위기에 처한다. 그런데 그 순간 그를 구한 것은 시스템이 아니라 이호원의 누나였다. 인간이 숫자로, 부품으로, 기능으로 보이는 공장에서 오직 그녀만이 인간을 인간으로 바라보고 있었던 것이다. 인간을 감지하는 기계보다도 더 끈질기게, 정확하게. 그녀에게 목숨을 빚진 '나'는 이호원의 사고가 재발되는 공장의 상황을 지켜보며, 인간을 감지하는 일이 기술이 아니라 윤리의 영역에 속해 있음을 알게 된다. "사람을 사람으로 인식하는 게 이토록 어려운 일인 걸까."(105쪽) 인간을 감지하는 센서를 탑재해야 할 쪽은 기계가 아니라 인간일 터이다.

허나 인간은 타자를 볼 뿐 의식하지 못하는 이 맹시의 상태를 좀처럼 벗어나기 힘들다. 왜 그러한가. 「의자가 한 일」과 「품필생」이 그에 관한 일종의 답을 건넨다. 먼저 「의자가 한 일」에서 윤만수는 아내 금희가 죽은 이후 기묘한 경험을 하기 시작한다. 작은 방에 누워 있다고 생각했는데 공간이 순식간에 안방으로 뒤집혀 버리는 것이다. 그는 이것이 노화의 징후가 아니라 우주의 진리 중 하나를 포착한 것—의식이 물질을 만든다는 비밀을 체감한 것이라고 자위한다.

하지만 이것은 윤만수의 방어 기제가 만들어 낸 환영이었다. 그는 무엇이고 자기 식대로만 보고 해석해 온 자, "듣고 싶은 것만 듣고 보고 싶은 것만 보"(247쪽)는 자였다. 그 성격을 단적으로 보여 주는 것이, '의자가 한 일'

에 관한 대화이다. 손자 단우가 의자에 걸려 넘어지자, 윤만수는 의자를 때리며 단우가 아니라 의자가 잘못했다고 말한다. 그가 그렇게 되뇌며 살아온 것이다. 아이가 자신의 잘못을 회피하기 위해 의자에 책임을 전가하듯, 그 또한 자신의 문제를 직면하거나 인정하려 들지 않았다.

때문에 그는 가족을 한 번도 똑바로 바라보지 못했다. 제 외도가 아내에게 남긴 고통과, 모친의 삶을 대물림하고 싶지 않아 하는 딸의 불안을 의식하지 못했다. 소설 전반부에서 윤만수가 소외된 노인처럼 그려지다가 뒤로 가면서 그의 잘못이 폭로되는 서사 전개 방식은, 인간의 표면을 '보는' 일과 그 이면의 진실을 '바라보는' 일 사이에 놓인 시차를 독자에게도 감각하게 하는 장치라 할 만하다.

이 소설에 따르면 인간은 맹시가 될 수 있는 위험에 자주 노출된다. 자기중심적인 선악, 미추의 기준으로 타자의 행동을 판정하거나 그의 감정을 윤색, 축소하기도 한다. 그러나 그런 삶의 말로는, 윤만수의 결말이 보여 주듯 지극한 고독이다. 내가 타자를 도외시할 때 타자 또한 나를 포기하는 것이다.

그런가 하면 「품필생」은 타자를 바로 보지 못한 인

간의 최후를 일종의 묵시록처럼 보여 주는 소설이다. 근미래의 세계를 살고 있는 '나'는 그야말로 품필생(品必生), 물건에 의존해서만 살 수 있는 존재이다. 태어난 지 이틀 만에 스마트 젖병을 물었고 전자 요람의 진동 안에서 잠이 들었다. 허기는 전자동 이유식 조리기가, 친구의 자리는 대화형 학습 로봇이 채워 주었다. 인간에게 '최적화'된 사물을 끊임없이 시장에 내놓는 스마트한 세상에서, 그는 점점 더 물건을 '소유'함으로써만 만족감을 느끼게 된다.

문제는 그가 인간에게도 예의 그 시장 논리를 적용하여 연인조차 '가지려' 했다는 점이다. 그는 올과 연인이 된 후에도 올이 갖춘 낭송의 쓸모만을 애지중지했다. 그러나 소유와 사랑은 완연히 다른 문법을 지닌다. 타자를 소유하려는 집착은, 그를 '너'(인간)가 아니라 '그것'(사물)의 자리에 둘 때 생겨난다. 반대로 사랑하는 일은, 올이 말했듯 어떠한 조건도 없이 "그럼에도 불구하고 좋"(156쪽)아하는 것에 가깝다. 이 마음 안에서만 타자는 비로소 '너'의 자리를 되찾고, 사랑의 관계가 수평적으로 펼쳐지는 것이다.

그에 관해 알지 못하는 '나'는 끝내 올과 결별하고 올을 대체할 진동 매트리스를 구하다 쓸쓸한 죽음을 맞이한다. 이 결말은 자못 의미심장하다. 타자를 온전한 인격으로 대하지 않을 때, 이해타산 안에서 물건처럼 고르고 소비하려 할 때, 우리는 인간이기를 멈추게 되는 것일지도 모른다. 그렇다면 한 사람이 다른 사람을 '인간'으로 바라보기 위해서는 어떻게 해야 하나.

그에 관한 실마리를 얻기 위해서라면 「안부의 출처」에 갈피끈을 끼우는 것이 좋겠다. 작중 인주는 고속 도로 한복판에 곧 고립될 것이다. 연료 부족으로 차의 시동이 꺼질 예정이기 때문이다. 고속 도로는 어떤 곳인가. 일방통행만 허용되어, 차들이 "서로 닿지 않고서도 물리적인 영향을 미칠 수 있"(188~189쪽)게끔 설계된 장소이다. 작중 인주의 삶이 이와 같은 것이다.

인주에게는 하루에도 수많은 안부 메시지가 도착한다. 안부를 묻는 것은 상대가 편안한지, 그렇지 않은지를 헤아려 본다는 것. 반대로 이 마음이 출처가 되지 않는 안부란 공허할 뿐이다. 인주에게 당도한 문자는 대개 그렇게 텅 빈 것이어서, 그는 "마음이나 감정 따위에 연연하지 않"고(199쪽) 살기로 결정한 지 오래였다. 그런데 선영의 문자를 받고 어떤 순간을 돌아보게 된 것이다.

그것은 인주의 기억 속에 남아 있는 유일한 소통의 기억으로, 그가 선영과 선영의 아버지 이야기를 나누었던 고등학생 시절의 일이었다. 자동차 부품 공장에서 일하다 산재를 입은 친구 아버지의 이야기에, 인주는 "자신의 절단된 손가락을 쥐고 달려가는 사람의 마음이란 어떤 것일까 생각하다가 눈물이 났다."(210쪽) 인간이 인간을 바로보기 시작하는 일은, 진심으로 그의 안부를 묻는 일은, 이렇듯 타자의 고통을 그의 자리에서 헤아려 보려는 마음에서 비어져 나오는지도 모르겠다.

그날을 상기한 인주는, '너희 아버지의 손가락은 잘 붙었느냐는' 오래된 물음을 선영에게 전하고 차의 시동을 끈다. "도로 한복판에 멈춰 있는 내 차가 새로운 방식으로 다른 차들에 영향을 미치기를"(213쪽), 즉 오늘 이후의 자신도 타자와 부딪히고 연루되기를 바라며 말이다. 마지막 장면에 그려진 인주의 떨림은 그의 삶이 아주 조금 달라지기 시작했음을 알리는 미세한 신호음이다.

자신과 직면하기—선택권을 나에게 돌려준다는 것

인간에게는 두 개의 눈이 있지만 아이로니컬하게도 그것으로 자신만은 볼 수 없다. 그리하여 우리는 매일 잠이 깨면, 또 잠들기 전에 거울 앞에 서서 스스로의 안녕을 확인하곤 한다. 다만 그 시간을 놓칠 때가 있는 것이다. 모진 삶의 조건 안에서 비틀거리느라 내가 원하는 것이 무엇인지, 어디로 가고 있는지 묻지도 못하는 순간은 누구에게나 예외 없이 온다. 「사탕이 녹을 때까지」와 「관측 가능한 삶」, 「기도의 문법」은 그렇게 길을 잃고 또 길을 찾은 사람들의 이야기이다.

「사탕이 녹을 때까지」의 '그'는 어느 날의 출근길 지하철역에서 "몸이 멈추었다. 열차가 들어오니 한 걸음 물러나라는 안내 방송에 따라 왼발을 조금 뒤로 옮긴 게 그날 아침 그의 마지막 움직임이었다."(257쪽) 처음 일어난 일은 아니다. 과거에도 어떤 일을 쉬이 결정할 수 없을 때, 그는 움직여야 하는 당위와 움직이기 싫은 욕망 사이에 끼어 버린 듯 멈춰 서야 했다.

그에게서 결정권을 박탈해 간 것은 타인과 사회의 시선이었다. 구직 활동을 할 때도, 입사 이후에도 그는 끝없이 주변의 기준을 의식해야 했고 이제는 '무엇을 하고 싶냐'는 사소한 질문에도 제대로 답 할 수 없는 처지가 되었다. 지하철 승강장에 갑자기 멈춰 선 날도, 그는 아무 잘못도 없이 타인의 시선에 얼굴을 붉힌다.

그런 그의 앞에 한 여성이 나타난다. 그녀 역시 "타인을 감지"(285쪽)하면 웃음을 멈추지 못하는 증상을 앓고 있다는 점에서 그와 같았다. 여성은 승강장에서 무정차 열차를 기다린다고 했다. 무정차 열차란 그것이 통과하는 역의 입장에서는 규칙을 벗어난 차편이다. 그 열차란 타인이 아니라 자신이 주도할 수 있는 삶을 상징하는 바, 그녀는 바로 그것이 이루어질 예외적인 순간을 소망하는 것이었다.

그는 그 여성과 맞대한 이후에도 다시금 정지한다. 그런데 이번에는 "스스로 멈춘"(288쪽)다. 여성과의 만남으로 자신을 구속하는것이 무엇인지 제대로 바라보게 된 것이다. 이 순간은 사탕 한 개가 녹을 정도의 찰나일 뿐이지만, 바쁘게 움직이라는 세상의 명령 바깥에 머문 경험이 그의 내일을 조금 더 나은 선로 위에 올려 주리라는 것을 우리는 알고 있다.

이쯤에서 표제작이자 가장 아름다운 소설, 「관측 가능한 삶」을 들여다봐도 좋겠다. 우연히 평행 세계의 자신을 조우한 혜진이 그 마주 봄을 계기로 미래를 조정해 가는 이야기이다. 혜진은 과거에 라온빌라 301호에서 신혼 생활을 한 적이 있다. 그러나 거주지의 과밀한 혼잡도가 삶의 복선이었던 것처럼, 젊은 부부의 낭만은 주거 불안과 재정적 압박, 임신 포기의 과정에서 오래지 않아 너절해졌다.

그러다 혜진이 오배송된 택배를 찾기 위해 라온빌라 301호를 방문했을 때, 그의 눈앞에 '택할 수 없었던 삶'이 불시착한다. 과거가 다르게 흘러갔다면 그가 영위하고 있을 일상과, 자기와 꼭 닮은 아기 엄마가 거기 있었다. 즉 "관측 가능한 우주", "다른 선택을 내린 내가 살아가는 세계"(24쪽)를 직면한 것이다.

혜진은 자신이 선택하지 않았던 세계를 언제나 불행한 상상 안에 두었다. 하지만 그것을 고른 다른 우주의 자신도, 고단함과 더불어 사소한 기쁨과 평온이 깃든 삶을 살아내는 중이었다. 지금의 자신처럼 말이다. 혜진은 비로소 이해하게 된다. 우리가 걸어온 길이든, 가지 않은 길이든, 모든 길에는 얼마간의 빛과 어둠이 공존하며 그러하기에 우리는 후회도 미련도 없이 삶을 선택하면 된다는 것을.

혜진은 곧 후회 속에 접어 넣어 두었던 삶의 선택권을 꺼내어 자신'들'에게 돌려준다. 이쪽 세계의 혜진이 포스트잇에 적힌 글귀를 수정하고, 다른 세계의 혜진이 그것을 받아 읊조린다. 포스트잇에 처음 쓰였던 '누르지 말아 주세요'가 자기 권리의 크기를 축소하는 문장이라면 '누르지 마세요'는 "자기 자신을 위한 것"(39쪽), 스스로를 적극적인 주체의 자리로 되돌려 놓는 구절이다. 그렇게 말할 수 있는 혜진에게는 이제 임신도 '관측 가능한 삶', 가능성과 결정의 영역에 속한 것으로 기껍게 받아들여진다.

포스트잇을 다시 쓰는 혜진의 모습은, 「기도의 문법」에서 기도문을 정정하는 은강의 얼굴과도 겹쳐진다. 작중에서 은강이 바라는 것은 딱 하나였다. "무언가를 바라지 않게 해 달라는"(139쪽) 것. 자신의 임신과 암 투병 과정에서 남편이 떠나 버린 과거가 그를 무엇도 욕망하지 않는 사람으로 만들어 버린 것이다. 바라지 않음으로써 상처받지 않고, 기대하지 않아 실망도 하지 않는 그런 사람 말이다.

그러나 그의 내면 깊은 곳에는 "일상을 내내 무사와 안전에 기대어 살 수는 없는"(117쪽) 것이라는 생각이 암암리에 도사리고 있었다. 때문에 산사태로 숲에 D와 둘이 남게 되었을 때, 은강의 내면도 진동하며 허물어질 기미를 보인다. 끊임없이 타인의 사랑을 갈구하는 D를 일종의 거울상 삼아, 자신이 은닉하고자 했던 소망을 바라보았기 때문이다.

물론 그날의 일이 은강의 삶을 단번에 바꿔 놓은 것은 아니다. 다만 그의 변화를 예감하게 하는 기척이 기도문에서 느껴진다. 한때 "힘든 일이 일어나지 않게 해 주세요"라고 빌었던 은강은 "힘든 일이 일어나도 버틸 수 있게 해 주세요"라고 기원한다. 고통이 오지 않기를 바라는 대신, 그것을 견디며 살아가는 쪽을 택한 것이다.

자기 자신을 바라보는 일은 쉽지 않다. 타인의 시선에 포획된 자기를 발견하는 것도, 선택하지 않은 삶의 가능성을 마주하는 것도, 자신의 욕망과 두려움을 직면하는 것도 버겁고 어렵다. 하지만 우리의 미래는, 도래할 불안을 감내하면서 다만 한 걸음 내디딜 수 있는 용기로 이루어진다.

바라봄의 용기

이제 한 가지 일만이 남았다. 창밖으로 고개를 돌릴 것이다. 유리 너머에 길이 있고 오가는 사람들이 있고 나무가 있다. 우리는 그들을 본다. 정말 그들을 보았을까. 같은 풍경을 다시 바라보기로 한다. 눈 걸음은 아까보다 느려질 것이다. 해의 조각이 흩뿌려진 길이다. 그것을 밟기라도 할까 봐 아이는 더디게 걸어간다. 인접한 가로수는 낙엽 한 장을 더 붙들어 보려는 마음으로 오늘을 버틴다.

보는 것과 바라보는 것은 이렇게나 다르다. 우리는 하루하루 다양한 나, 타자, 세계의 형상을 만나지만 그것을 정말로 바라보고 있다고 말할 수 있는 순간은 많지 않다. 대상이 눈앞에 있어 보는 것과 대상을 바라보기 위해 눈을 여는 것이 다르며, 의미 있는 것을 관측하는 일과 관측으로 의미를 발견하는 일 또한 다르다. 앞의 일이 뒤의 일보다 쉬울 것이나, 뒤의 일이 앞의 일보다 귀한 것이다. 『관측 가능한 삶』이 우리에게 건네는 다정한 전언을 이렇게 옮겼다.

이 소설집으로 또 다른 시작을 알리게 된 최지연은, 보는 일과 바라보는 일 사이에 노정된 시간과 기다림과 사랑의 지극한 의미를 가장 잘 아는 작가이다. 그에 따르면 보는 것과 바라보는 것 사이의 시간차를 견딜 수 있는 용기를 지닐 때, 시선의 움직임이 어둠을 느리게 지워 가는 빛의 보폭을 닮을 때, 나는 나와 당신을 더 잘 알아볼 수 있을 것이다. 나의 안으로도, 당신 쪽으로도 꼭 한 걸음 더 걸어가게 될 것이다.

작가의 말

관측 행위가 현실을 결정한다는 말에 매료된 적이 있다. 현실이 독립적으로 존재하는 게 아니라 관측에 따라 결정된다니, 보는 사람이 없다면 달도 존재하지 않는 거냐는 의문이 나올 만큼, 상식적으로는 이해하기 힘든 말이었지만, 그 불가해함 때문에 더 끌렸다. 그러고는 혼자 중얼거렸다. 문자도 입자처럼 존재하는 것 같다고.

내게 소설 쓰기가 그랬다. 대체 내가 무슨 소설을 쓰려는 걸까, 그건 정말 쓰기 전까지는 알 수 없었다. 쓰기 전에 그건 너무 많은 상태를 동시에 가지고 있었다. 그걸 알 수 있는 방법은 쓰는 것밖에 없었다. 결정되어 쓰는 게 아니라, 쓰는 행위가 소설을 결정했다.

관측 행위가 여러 가능한 상태를 하나로 붕괴시키듯, 쓰는 것 역시 붕괴의 작업이었다. 이 작가의 말 또한 27개의 버전 중 26개를 붕괴시키고 남은 것이다. 그러니 실제 일으킨 움직임은 그저 손끝으로 작은 키

캡을 톡톡 두드린 것뿐인데도, 큰 해머를 들고 벽을 부수기라도 한 듯 녹초가 되는 것도 무리는 아니다. 그리고 이런 노동의 감각이 소설을 계속 쓰게 한다.

소설 속 이야기는 나에서 비롯되지 않았어도 인물들은 모두 나에서 비롯되었다. 나라면 절대 못 할 행동을 한 인물조차 어느 정도는 나였다. 현실의 나를 좋아하는 일에는 자주 실패해도, 이 인물들만큼은 언제나 사랑했다고 믿는다. 이렇게 우회하는 방식으로밖에 나를 사랑하지 못하는 내 성정이 소설을 쓰게 하는 모양이고, 그러니 이런 때나마 내 성정을 좋아해 주고 지나가기로 한다.

두 번째 내는 책이지만, 썼던 시기로는 가장 앞선 소설들을 모아서인지 첫 책을 내는 기분이다. 이 소설집은 내가 지은 것이라기보다 나로부터 터져 나온 것에 가깝다는 생각이 든다. 무엇보다 여기 모인 소설들에는 그 무섭다는 첫정이 깃들어 있다.

이 책을 내기까지 많은 분들의 도움이 있었다.

추천사를 써 주신 해이수 작가님과 해설을 써 주신 전소영 평론가님께 깊이 감사드린다. 책이 나올 수 있도록 길을 만들어 주신 걷는사람에도 마음을 전한다. 그리고 여기까지 읽어 준 당신께 고맙다는 인사를 드린다.

2026년 1월

최지연

| 수록작품 발표 지면 |

「관측 가능한 삶」…… 2021년 김유정신인문학상 수상작
(발표 당시 제목 「라온빌라 301호」)

「착장」…… 2020년 평사리문학대상 수상작

「세이프 타임」…… 《실천문학》 2022년 봄호

「기도의 문법」…… 《문학수첩》 2023년 상반기호

「품필생(品必生)」…… 경기문화재단 출간지원 선정작

「안부의 출처」…… 2024년 아르코문학창작기금 선정작

「의자가 한 일」…… 경기문화재단 출간지원 선정작

「사탕이 녹을 때까지」…… 《문예제일선》 2023년 2호

관측 가능한 삶

2026년 1월 30일 1판 1쇄 펴냄

지은이 최지연
펴낸이 김성규
편집 조혜주 권은하 한도연
디자인 신혜연
펴낸곳 걷는사람
주소 경기도 용인시 기흥구 동백중앙로 358-6, 7층 (본사)
서울 마포구 월드컵로16길 51 서교자이빌 304호 (지사)
전화 031 281 2602 / 02 323 2602
등록 2016년 11월 18일 제25100-2016-000083호

ISBN 979-11-7501-056-7 03810

* 이 책은 경기도, 경기문화재단 2025 경기예술지원 〈경기문학 출간지원〉 지원으로 발간되었습니다.